清貴と秋人 於 産寧坂

葵於 モダンガール

京都寺町三条のホームズ⑮

劇中劇の悲劇

望月麻衣

双葉文庫

目次

家頭《やがしら》 清貴《きよたか》

類稀な鑑定眼と観察眼から、『ホームズ』と呼ばれている。現在は、骨董品店『蔵』を継ぐ前に、外の世界を知るよう命じられ、修業中の身。

真城《ましろ》葵《あおい》

京都府立大学二年。埼玉県大宮市から京都市に移り住み、骨董品店『蔵』でバイトを始めた。清貴の指南の許、鑑定士としての素質を伸ばしている。

梶原《かじわら》 秋人《あきひと》
現在人気上昇中の若手俳優。ルックスは良いが、三枚目な面も。

円生《えんしよう》
本名・菅原真也　元贋作師で清貴の宿敵だったが、紆余曲折を経て、今は画家の道を進むことに？

滝山《たきやま》 利休《りきゅう》
清貴の弟分。清貴に心酔するあまり、葵のことを疎ましく思っていたが……？

家頭《やがしら》 誠司《せいじ》
（オーナー）
清貴の祖父。国選鑑定人であり『蔵』のオーナー。

滝山《たきやま》 好江《よしえ》
利休の母であり、オーナーの恋人。美術関係の会社を経営し、一級建築士の資格も持つキャリアウーマン。

家頭《やがしら》 武史《たけし》
（店長）
清貴の父。人気時代小説作家。

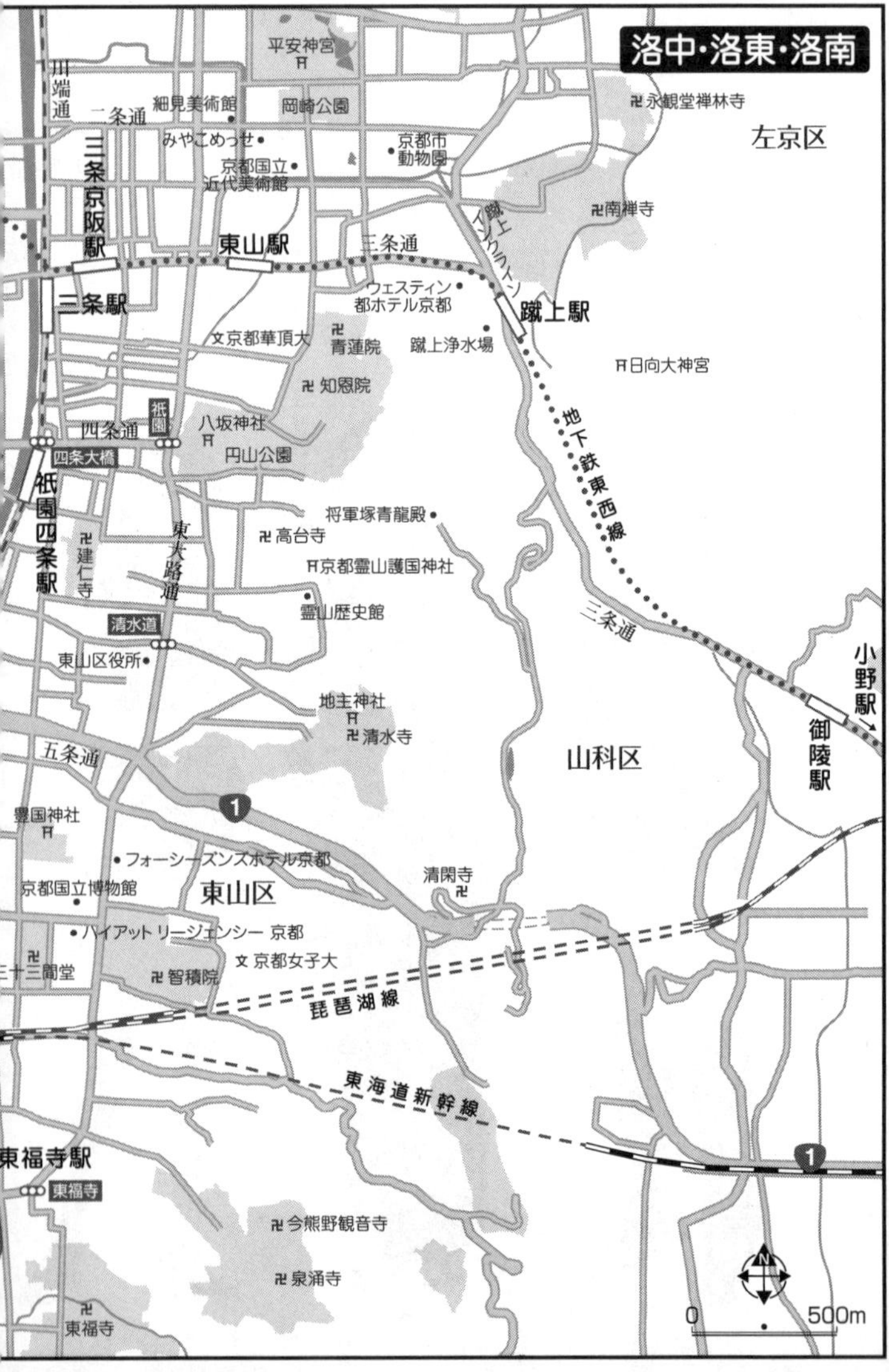
洛中・洛東・洛南
平安神宮
川端通
一条通
細見美術館
岡崎公園
永観堂禅林寺
左京区
みやこめっせ
京都市動物園
京都国立近代美術館
三条京阪駅
南禅寺
蹴上インクライン
東山駅
三条通
ウェスティン都ホテル京都
三条駅
蹴上駅
京都華頂大
青蓮院
蹴上浄水場
日向大神宮
知恩院
祇園
四条通
八坂神社
地下鉄東西線
四条大橋
円山公園
祇園四条駅
将軍塚青龍殿
東大路通
高台寺
建仁寺
京都霊山護国神社
霊山歴史館
三条通
清水道
東山区役所
小野駅
地主神社
御陵駅
清水寺
五条通
山科区
豊国神社
フォーシーズンズホテル京都
清閑寺
京都国立博物館
東山区
ハイアット リージェンシー 京都
京都女子大
三十三間堂
智積院
琵琶湖線
東海道新幹線
東福寺駅
東福寺
今熊野観音寺
泉涌寺
東福寺
0
500m

丸太町駅
烏丸通
367
千本通
二条自動車教習所
二条城
二条駅
二条城前駅
京都市役所
御池通
BiVi二条
中京区役所
烏丸御池駅
三条通
中京区
堀川通
三条通
六角堂
嵯峨野線
大宮駅
四条通
阪急京都線
烏丸駅
西院駅
嵐電嵐山本線
四条大宮駅
四条駅
壬生寺
地下鉄烏丸線
七本松通
松原通
五条通
9
1
五条駅
丹波口駅
延寿寺
京都市中央卸売市場
下京区
1
渉成園
(枳殻邸)
西本願寺
東本願寺
七条駅
龍谷大
京都水族館
梅小路京都西駅
七条通
七条大橋
京都タワー
24
下京区役所
京都鉄道博物館
梅小路公園
京都駅
京都線
東海道新幹線
奈良線
大宮通
イオンモール
KYOTO
河原町通
東寺
南区
東寺駅
烏丸通
九条駅
171
九条通
1
近鉄京都線
↓十条駅

0
1.5km
寂光院
三千院
阿弥陀寺
滋賀県
京都府
367
奥比叡ドライブウェイ
坂本比叡山口駅
西教寺
朗詠山長源寺
八瀬比叡山口駅
岩倉駅
八幡前駅
蓮華寺
比叡山延暦寺
坂本ケーブル
国際会館駅
叡山ケーブル
大比叡
松ノ馬場駅
三宅八幡駅
叡山ロープウェイ
宝ケ池駅
京阪石山坂本線
星野リゾート
ロテルド比叡
穴太駅
叡山電鉄叡山本線
修学院離宮
修学院駅
曼殊院
比叡山ドライブウェイ
唐崎駅
圓光寺
一乗寺駅
滋賀里駅
狸谷山不動院
湖西線
琵琶湖
茶山駅
左京区
南滋賀駅
元田中駅
161
近江神宮前駅
吉田神社
銀閣寺（慈照寺）
哲学の道
法然院
真正極楽寺（真如堂）
大津京駅
瑞光院
京阪大津京駅
金戒光明寺
平安神宮
大津市役所前駅

洛北
貴船神社
鞍馬寺
鞍馬駅
貴船口駅
叡山電鉄鞍馬線
二ノ瀬駅
市原駅
二軒茶屋駅
京都精華大文
京都精華大前駅
162
宗蓮寺
北区
右京区
正伝寺
上賀茂神社
常照寺
源光庵
光悦寺
北山駅
京都府立植物園
今宮神社
北大路駅
367
大徳寺
金閣寺
地下鉄烏丸線
下鴨神社
鞍馬口駅
162
龍安寺
白梅町駅
北野
北野天満宮
今出川駅
出町柳駅
嵐電北野線
嵯峨嵐山駅
妙心寺
上京区
京都御苑
京阪鴨東線
神宮丸太町駅
太秦駅
丸太町駅
嵯峨野線
花園駅
円町駅
帷子ノ辻駅
二条城

立命館大
等持院
162
福王子
仁和寺
妙心寺駅
龍安寺駅
等持院駅
嵐電北野線
宇多野駅
御室仁和寺駅
一条通
鳴滝駅
妙心寺
嵐電北野線
妙心寺道
花園駅
常盤駅
法金剛院
太秦駅
東映太秦映画村
花園大
撮影所前駅
嵐電嵐山本線
広隆寺
右京警察署
帷子ノ辻駅
太秦広隆寺駅
太秦天神川駅
葛野大路通
蚕ノ社駅
地下鉄東西線
御池通
京都先端技術大
嵐電天神川駅
右京区役所
嵐電嵐山本線
三条通
山ノ内駅
三菱自動車
梅宮大社
四条通
162
京都外大
桂川運動公園
上野橋
右京区
阪急京都線
イオンモール
京都五条
五条通
上桂公園
西大橋
ハンナリーズ
アリーナ
9
西京極総合
運動公園
9
西京極駅

洛西
大覚寺
広沢池
右京区
化野念仏寺
嵐山高雄
パークウェイ
清涼寺
祇王寺
丸太町通
二尊院
常寂光寺
トロッコ嵐山駅
嵯峨嵐山駅
嵯峨野線
トロッコ嵯峨駅
法然寺
車折神社駅
鹿王院
鹿王院駅
車折神社
天龍寺
嵐山駅
嵐電嵯峨駅
三条通
亀山公園
渡月橋
中ノ島公園
嵯峨美術大
桂川
嵐山
嵐山駅
法輪寺
嵐山東公園
嵐山モンキーパークいわたやま
阪急嵐山線
松尾大社駅
松尾橋
西京区
松尾大社
松尾大社
月読神社
鈴虫寺
0
500m
西芳寺
N

プロローグ

家頭《やがしら》清貴《きよたか》の導きにより、元は腕利《うでき》きの贋作師《がんさくし》だった円生《えんしょう》（本名、菅原真也《すがわらしんや》）は、瞬《また》く間に世界の富豪たちが認める画家になった。

円生の素晴らしさに感嘆するが、清貴の優秀さも言わずもがなだろう。

清貴は自身を『見習い』と称しているが、類稀《たぐいまれ》な鑑定眼《かんていがん》と洞察力《どうさつりょく》を誇る優秀な鑑定士で、すでにその活躍は、世界に知れ渡っている。


「本当に、すごいよな。あんちゃんも円生も……」

――一時的とはいえ、うちのような小さな事務所に、あんなに凄い二人が身を寄せていたなんて、信じられない……。

『小松《こまつ》探偵事務所』の所長・小松勝也《かつや》は、ふっ、と笑って、顔を上げた。

「ですから、勝手に僕のマグカップを使わないでくださいと言ったでしょう」

「はっ、なんやねん、マグカップくらいで。ほんま細かい男やな」

「人の物を勝手に使っておいて、その言い草はないのではないでしょうか？」

「人の物て。共同で使てる冷蔵庫と食器棚の中のもんに、所有権なんてあらへんやろ」

「ああ、そういうわけですか。それでは、例えば、あなたが休憩中に食べようと、とっておきのスイーツを買ってきて、冷蔵庫に入れておいたとします。それを僕がなんの確認もなく勝手に食べたとしても、あなたは文句を言わないんですね？」

「別に。俺はスイーツに興味あらへんし」

「プリンだとしても？」

「………」

「黙りましたね。スイーツ全般に興味がないのは真実でしょうが、あなたにとってプリンは特別。もしかして、プリンに何か特別な思い入れがありましたか？」

「――うっさいわ、ほんま。たかがマグカップを使ただけで、なんでそないに言われなあかんのや」

「今朝、このマグカップを持って来た時から、『これは僕の特別なマグカップなので使わないでくださいね』と言いました。あなたは、『へぇへぇ』と頷いていたではありませんか」

「そんなん覚えてへんし。大体、なんやねん、この素人《しろうと》が作ったような陶器のマグカップのどこがそんなにええんや。……けど、深い藍色は、ええ感じやな。あんたのことやから、たっかいモンなん？」

「……それは、葵《あおい》さんが、僕のために作ってくれたマグカップなんです」

「あー……、そういうことなん。そら、失礼しました。ほんなら今すぐ返すし、口つけしもたけど」

「ありがとうございます」

「って、躊躇《ちゅうちょ》なく受け取るんかい。口つけた言うたやろ」

「しっかり洗いますので」

「どんだけやねん、ほんま」

「なんとでも言ってください」

「しょうもな」

小松は、決して広くはない事務所内で繰り広げられる、とてつもなくくだらない争いを前に、本当にしょうもな、と苦笑しながら相槌《あいづち》をうつ。

その後に、ハッとして立ち上がった。

「――って、お前ら、どうして、今もここにいるんだよ⁉」

「どうしてと言いますと？」

清貴は小首を傾《かし》げ、円生は何も言わずに頬杖《ほおづえ》をつく。

上海《シャンハイ》から戻った小松は、緊張と興奮と疲れから、体調を崩してしまい、事務所を二週間ほど休んでいた。今日は久々の就業日だ。

てっきり、清貴も円生も、ここには来ていないだろうと小松は踏んでいた。

だが、二人は当たり前のようにここにいて、以前と変わらず、いつものように談笑している。

清貴は、そう言われましても、と肩をすくめた。

「僕は、まだ、ここでの修業期間が終わっていませんし」

上海で過ごした時間が濃厚《のうこう》すぎて、小松はかなりの時が経った気がしていたのだ。

「あ、そうか。あんちゃんは、まだうちに来たばかりだったもんな」

「ご迷惑でしたか?」

「いやいや、驚いただけで嬉しいんだ。そもそも、あんちゃんは上海でのパーティの後、ニューヨークに行ったから、他の仕事も兼ねて、一か月くらい帰ってこないと思ってたんだよ。だから俺も……」

話しながら小松は、『今夜の最終便でニューヨークに行きます』と言って上海楼《シャンハイロウ》のホールを出て行った清貴の後ろ姿を思い浮かべる。

円生が、ほんまや、と頷いた。

「いつも海外行ったら、長いんやろ？」

「いえ、ですから僕は、葵さんを迎えに行ったので、滞在は二十四時間くらいでしょうか」

さらりと答えた清貴に、小松と円生は、はっ？　と目を丸くした。

「たった一日で帰って来たのか？」

ええ、と清貴。

「本当にそれだけのために、ニューヨーク往復って……」

「どんだけセレブやねん。ほんま信じられへん」

「まぁ、貯《た》めていたマイルを使いきれましたし、何よりたった一日ですが、本当に素晴らしい時間を過ごせましたので、行けて良かったと心から思っております」

清貴は、胸に手を当てて、しみじみと言う。

小松と円生は、うんざりしながら、へえへえ、と相槌をうつ。

「それはそうと、円生だよ。俺はお前こそ、もうここには来ないかと」

と、小松は円生に視線を移す。

上海で、鑑定士になるのは無理だと悟り、ひと時姿をくらました円生だったが、その後、画家としての腕が認められ、絵の道へ進む決意をしたのだ。

「円生はもう、柳原《やなぎはら》先生の弟子じゃなくなったんだろう？　ということは、あんちゃんの許《もと》にいる必要はないんだよな？」

円生は、せやねん、と頷いて、立ち上がる。

その真面目な眼差しを前に、小松はたじろいだ。

もしかしたら、円生は『お世話になりました』と別れの挨拶《あいさつ》に来たのかもしれない。

なかなか、義理堅い男じゃないか。

「今日は、おっさんにお願いがあったんや」

お願い？

予想外の言葉に、小松はぱちりと目を瞬《またた》かせる。

円生がこの自分にお願いすることなんて、何があるというのだろう？

「おっさんが言う通り、俺はもう柳原先生の弟子やなくなったんや。これまで、柳原先生の家に身を寄せてたんやけど、そこを出なあかん。柳原先生はいくらでもおって構へんて言うてくれてはるんやけど、そういうわけにはいかへんし」

円生は、これまで柳原邸に住み込み、師匠の身の回りの世話をしながら、修業していた。

そう言うと聞こえがいいが、実際は居候《いそうろう》のようなものだったのだろう。

そうだよなぁ、と小松は同調した。

「そこまで甘えられないよな。つまり、物件探しを手伝ってほしいということか？」

「そのうちそういうんも頼むかもしれへんけど、ここの二階て、ほとんど使てないやん？　一時的でええんやけど、間借りさせてもろてもええ？　ちゃんと家賃は払うし」

ここで？　と小松はぱちりと目を見開く。

すると清貴が、それはいいですね、と微笑《ほほえ》んだ。

「円生はこう見えて綺麗《きれい》好きですから散らかす心配はありませんし、ここに住んでもらえたら、防犯にもなるでしょう。それに、小松さんは常日頃、ここの家賃が高いとぼやいていたくらいですし」

「たしかに、ぼやいてたけどよ」

この事務所は、祇園《ぎおん》のど真ん中。

高瀬《たかせ》川沿いの風情《ふぜい》のある小路――木屋町《きやまち》四条《しじょう》下《さが》ルにある。

外観は、軒を連ねる飲食店同様に純和風の町家造《まちやづく》りだ。

ここの大家は、小松の元依頼人の老夫婦だった。

大家の許可を取り、リフォームをして、外観はそのまま、内装だけ洋風に変えてある。

一階はフローリングに黒いソファーセットとデスクを置いた事務所兼相談室で、二階は、最新設備を備えたパソコンを揃える調査部屋だ。

とはいえ、二階の調査部屋は、ほとんど使っていない。わざわざ二階に行くのが面倒で、結局、一階のデスクで事を済ませてしまっている。

二階にはさらにもう一つ部屋があるのだが、そこは完全に空き部屋だった。

また、小松の目下の悩みは、ここの家賃が高いということだ。

祇園という土地柄、仕方ないことではある。

一時期、『小松探偵事務所』はバブルで、『なんとかなるだろう』と思っていたのだが、バブルが萎んでいくと、家賃の高さが深刻になってきた。

ふとした時に、移転することを考えるようになっているくらいだ。

とはいえ、すぐ移転できるわけでもない。

一時的でも、円生に間借りしてもらうのは、願ったり叶ったりかもしれない。

「あー、まぁ、そうだな。でも、お前、あの絵が売れて、えらい金が入ったんじゃなかったのか？」

円生が上海で描いた『夜の豫園《ユイエン》』。

世界的富豪のジウ・ジーフェイ（景志飛）が、ぜひ買いたいと申し出ていた。

きっと、億を超す金が円生の懐《ふところ》に入ったはず。羨《うらや》ましい限りだ。

「いや、あれは売ってへん」

さらりと答えた円生に、小松は、うえぇ、と目を剥《む》いた。

「なんでだよ？」

小松が詰め寄るも、円生は目をそらすだけで何も言わない。

代わりに清貴が答えた。

「小松さん、『夜の豫園』は、円生が葵さんを助けるために描いたものなので、葵さんに受け取ってもらいたいのではないかと」

そう、真城《ましろ》葵は、菊川史郎《きくかわしろう》にその身を狙《ねら》われていた。清貴は、葵を救うために、円生に絵を描いてほしいと頭を下げたのだ。

葵は清貴の恋人だが、円生の想い人でもある。

そんな中、円生は、葵を救わんと、『夜の豫園』を描き上げたのだった。

まさに、渾身《こんしん》の想いを込めた作品と言っても良いだろう。

「気持ちは分かるけど……」

いや、本当は気持ちなんて分からない。自分なら、一寸の迷いもなく売るだろう。

「ちゃう、そんなんやない！」

と、円生はムキになって、声を上げた。

「おや、そうだったんですか？　僕はてっきり葵さんに渡したいのかと……」

「あれはその……ひとまず『蔵《くら》』で預かってほしいんや」

気持ちを見抜かれてばつが悪いのか、円生の言葉の語尾が小さくなっている。

円生が描いた絵は、まだ上海のホテルに飾られていた。

展覧会が終わったら、手元に戻って来るのだろう。

清貴は、分かりました、と頷く。

「とりあえず、葵さんには見てもらいたいわけですね？」

「ほんま、うっさい。そんなんちゃうし。ほんなら、俺は荷物取りに行って来るわ」

と、円生は逃げるように、事務所を出て行った。

その姿が見えなくなると、清貴と小松は顔を見合わせて、微《かす》かに肩を震《ふる》わせる。

「……あんちゃんは、円生があんなふうに嬢ちゃんを想ってることに対して不安になったりしないのか？」

自分なら、清貴のように振る舞えない。

よほど、自信があるのだろうか？

「なりますよ」

あっさり答えた清貴に、小松は「えっ」と視線を合わせた。

清貴は、可笑《おか》しそうに口角を上げている。

「葵さんに関しては、円生のことだけではなく、すべてに於《お》いて不安なんです。嫌われてしまうのではないか、飽きられてしまうのではないか、心変わりされるのではないかと。

不安ばかりなので、最早、それが当たり前——スタンダードな状態なんですよ」

はぁ、と小松は、間の抜けた相槌をうった。

清貴が葵について語るのを聞くたびに、小松は『あの子はそれほど魅力的だろうか？』

と首を傾げてしまう。

だが、清貴も円生も特殊な人間だ。

あの子は、そういう者に好かれる何かを持っているのかもしれない。

円生は、絵の中に、分からないように葵の姿を描いたくらいだ。

小松は、円生が手掛けた『夜の豫園』を思い出した。

本当に素晴らしい作品だった。

「いやぁ、でも、ジウ氏に絵を売らなかったなんて、もったいないよな」

小松がしみじみとつぶやくと、清貴は、そうですか？　と首を傾げた。

「僕は、売らなくて良かったと思っていますが」

えっ？　と、小松は目を見開く。

「どうしてだよ？　ジウ氏に売ったら、いくらになったと思うんだ？」

「そうですね。以前ジウ氏は、気に入った絵画を六億で買い取ってましたので、もしかしたら、そのくらいか、それ以上になったのではないでしょうか」

そうだよな、と小松は首を縦に振る。

「その大金、もったいなさすぎだろ」

清貴は手を組んで、そっと目を伏せた。

「『大金』だから、ですよ」

「どういうことだ？」

「あの作品はある意味、『円生』としての初めての作品。いわば一作目です。それでそんな大金が入ったら、円生はもう満足して、絵を描くのをやめてしまう可能性だってあります。僕にとっては、それこそ、もったいない話です」

強い口調で言い切った清貴に、小松は、うーん、と唸《うな》った。

「そういうもんかねぇ」

清貴の言うことは分からなくもないが、理解はできない。

やはり自分は、どこまでも俗っぽい凡人なのだ。

そんな小松の気持ちを察してか、清貴は、ふふっ、と笑って話題を変えた。

「そういえば、小松さん。先ほど何か言いかけていませんでした？」

小松は「えっ？」と視線を合わせる。

「僕がここにいると思わなかったという話の時に、『だから俺も』と……」

小松は思い出して、ああ、と手をうった。

「二人がもうここに来ないと思ってたから、俺も考えなきゃってな」

「もしかして、本当に事務所の移転を考えられていたとか？」

いやいや、と小松は首を振る。

「あんちゃんを見ていて思っていたんだ。自分の特技は、フルに生かさなきゃ駄目だなって。正直、あんちゃんたちがいなくなった後、探偵業だけで食べていくのは大変そうだし、副業をすることにしたんだよ」

「副業？」

「といっても、ゲーム会社のバイトだけどな。プログラミング系の」

少し気恥ずかしそうに言う小松に、清貴は大きく首を縦に振る。

「なるほど、小松さんはその道のスペシャリストですから、ピッタリの副業ですね」

どうも、と小松は肩をすくめた後、そうそう、と言いにくそうに頭を掻《か》いた。

「で、半月は、ここでプログラムの仕事に集中しなきゃならなくて、探偵業は休むつもりだったんだよ。あんちゃんも円生も来ないと思ってたから」

清貴は、なるほど、と頷く。

「ではその間、休暇をいただいても良いでしょうか？　僕も『蔵』の仕事をしたいと思いまして。もちろん緊急の依頼が入った際は、駆け付けますので」

「そうしてもらえると、俺もありがたい。しかし事務所を移転するんじゃないかと思っていたとはな」

小松は腕を組んで、小さく笑う。

「さっきも言いましたが、小松さんはよく、『家賃が高い』と洩らしていましたし」

そうなんだよ、と小松は息を吐き出した。

「まぁ、移転は常に検討しているのはたしかだな。でも、せっかくだからもう少し頑張りたいし、円生が下宿してくれるのは、ありがたいよ」

それは良かった、と清貴は微笑む。

「二階は円生のアトリエになりますね」

「ああ、そうなるんだろうな」

「悔しいですが、僕は彼の作品のファンなので、今後、この上で新たな作品が生み出されることが楽しみでなりませんね」

清貴は嬉しそうに、天井を見上げる。

小松もつられて、顔を上げた。

たしかに、うちの事務所の二階が、有名画家のアトリエになって、傑作が生み出されていくのは、喜ばしいことだ。

小松は、うんうん、と頷いて清貴を見た。

だが、二人の想いとは裏腹に、円生は一向に筆を取ろうとはしなかった。

第一章　それぞれの歩みと心の裏側

1

九月も下旬になり、京都もすっかり秋らしい空気だ。

道行く人たちのファッションも、落ち着いた色合いに変わってきている。

アーケードは賑《にぎ》わっているが、寺町三条《てらまちさんじょう》にある骨董品店『蔵《くら》』は、相変わらず静かなもの……と、いつもなら言っているところだけど、最近はそうではない。

正面のディスプレイを工夫するようにし、いつも店の扉を開けておくようにしたことから、最近はふらりとお店に入ってくる人が増えた。

それだけではなく、近ごろ圧倒的に女性客が多くなったのは、カウンターに立つ彼のなせる業《わざ》だろう。

私は、ちらりとカウンターに視線を移す。

そこには、ホームズさんこと家頭清貴さんがいた。

すらりとした長身に整った顔立ち、艶《つや》やかな黒髪、白い肌。

以前のようにカウンターの中で、帳簿を開いて書き込んでいる。

今、小松探偵事務所は、小松さんが副業に専念するため、休みに入っている。その期間、ホームズさんは、ここに戻ってきていた。

こうしていると、私がバイトを始めた頃に戻ったようだ。

そんなことを考えていると、店内の電話が鳴って、ホームズさんが受話器を取った。

「はい、骨董品店『蔵』です」

今や電話はスマホ同士でかけるのが主流になっているが、この『蔵』では店の固定電話が鳴るのも珍しくない。

その電話機も、骨董品店らしく、まるで大正時代の華族を思わせるアンティークなデザインだった。

「──ああ、お久しぶりです。ええ、はい。うちはいつでも歓迎ですよ。今月中は、基本的に毎日おりますので。はい、お待ちしております」

ホームズさんはにこやかに言って、受話器を置く。

お相手は誰なのだろう？

私がジッと見つめていると、視線に気付いたホームズさんは顔を上げて、微笑んだ。

「喜助《きすけ》さんからでした」

私は、えっ、と目を瞬かせる。

「喜助さんって、あの？」

「ええ、市片《いちかた》喜助さんです」

市片喜助さんは、歌舞伎役者だ。彼とは私たちが親しくしている俳優の梶原秋人《かじわらあきひと》さんを通して知り合った。

「今、南座で公演中らしく、いつになるかは約束できないそうですが、時間を見付けて会いに来たいという話でした」

そうだったんですね、と私は相槌をうつ。

「ちょうど良かったですね。今ならホームズさん、『蔵』に常駐してますし」

「ええ、もし僕が一時的に留守にしていても、呼び出してもらえたら戻ってこられます」

以前は、そうしていたのだ。

「昔に戻ったようですね」

本当ですね、とホームズさんは頬《ほほ》を緩ませる。

「ホームズさんが戻ってきてくれてから、若い女性客が増えましたよね」

さすが、看板娘ならぬ、看板美青年だ。

ホームズさんは目をぱちりと開いたかと思うと、いいえ、と首を振る。

「それは、違いますよ」

「そうですか？」

「だって元々、僕がここにいても、若い女性客なんてほとんど来なかったですよね？」

そういえば、と私は当時を思い出す。

たしかにホームズさんがここにいた時、若い女性客はおろか、客自体ほとんど入ってきていなかった。

こんな状態で、経営は大丈夫なんだろうか、と心配したほどだ。

後々、『蔵』はこの店での売り上げよりも、鑑定や買い付け、そして好事家《こうずか》の許に出向いての販売で成り立っていたことを知るのだけど――。

つまりこの骨董品店は、古美術の展示場兼倉庫のようなものでもあり、一見様《いちげんさま》に買ってもらうことなど期待していなかったのだ。

「ホームズさん自身、集客に熱心ではなかったんですか？」

そうですね、とホームズさんは手を止めて、腕を組む。

「僕も学生で、鑑定士である祖父の手伝いもあり、あれこれ忙しかったので、集客に熱心というわけではなかったですね」

「それで、ミーハーな人間は入ってこられないような雰囲気を作っていたわけですね」

私は納得して、大きく頷く。

これまで、ホームズさんのような美男子が店番をしていたのだから、『看板男子効果』はあっただろう。

実際、ホームズさんが店番をしていると、『今のお店にカッコいい人がいた』と若い女性が噂をしながら通り過ぎていくことがある。

だが、店の中にまで入ってくることはなかった。

『カフェだったら良かったのに』という声も聞こえてきたことがある。

きっと、あえて近寄りがたい雰囲気を醸し出していたのだろう。

「いえいえ、積極的に集客対策をしていなかっただけで、入ってこられないような雰囲気を作ったつもりはないですよ。曲がりなりにもここは店舗なので、お客様に入っていただけるのは嬉しいことです」

「そうだったんですか？」

「はい。常に『もっとたくさんの人に古美術に触れていただきたい』と思っていますし。最近、若い女性客が増えてきたのは、葵さんの小さな努力の積み重ねだと思いますよ」

えっ？　と少し驚いて、私は自分を指差した。

「私の小さな努力ですか？」

そうです、とホームズさんは頷いて、店のショーウィンドウに目を向けた。

「これまで季節ごとにしか変えていなかったショーウィンドウのディスプレイですが、葵さんは月ごとに変えてくださって、そこに素人でも分かりやすい説明文をつけてくれています。天気の良い日は、扉を開けておいて、入口付近に価格の安い、可愛《かわい》らしいものを置くようにしましたよね？　そうすると通行人もふらっと入りやすくなる」

彼の言う通り、それらは私が変えたところだ。

「新しい風が入ってくるのは、素晴らしいことです。とてもありがたく思っていますよ」

私は、はにかんで肩をすくめる。

「元々私はこの店が気になりつつ、なかなか入れずにいた通行人の一人ですから、『こうしたら、入りやすいんじゃないかな』って思うことを、実践してみただけでして……」

ここは、入口は小さいけれど、店内は奥まっている。

明治・大正時代を思わせるようなレトロな雰囲気の店内には、和洋折衷《わようせっちゅう》の骨董品が所狭しと並んでいる。

今となっては、馴染《なじ》んだ光景だけど、最初は外から眺めることしかできなかったのだ。

「『外からの目線』は大事ですよね。中の人間になってしまうと、何もかも当たり前になってしまうものです。『慣れすぎるとカーペットの染《し》みすら模様に見えてきてしまう。いつでも新鮮な目線を忘れてはならない』。これは、ある一流ホテルの支配人の言葉ですが、まさにそうだと思います。そもそも、この店に慣れすぎた僕には、『入りにくい』という気持ちがよく分からないので」

ホームズさんはそう言って、店内を見回す。

そうでしょうね、と私は小さく笑って、掃除を続ける。

「葵さん、そろそろ休憩にしましょうか。コーヒーを淹《い》れますよ」

ホームズさんが、棚から大事そうに陶器のマグカップを取り出す。

深い藍色がなかなか綺麗だがその形は歪《いびつ》であり、どこから見ても素人が作った――そう、私が作ったものだ。彼はわざわざ、このマグカップを持ち歩いていた。

「ホームズさん、本当にそれを愛用してくれているんですね」

私は額に手を当てる。

「もちろんです。葵さんが初めて作った陶器ですよ」

ホームズさんは強い口調で言う。

それは、ニューヨークから帰国してすぐのこと。

大学の『陶芸サークル』に体験で参加してみようと、親友の宮下《みやした》香織《かおり》に誘われた。

なんでも、窯元《かまもと》の息子さんが部長を務めている、という話だったのだ。

＊

それは、今から約二週間のこと。
放課後。
半分だけ開いている学校の窓から、心地よい秋風が流れてきている。
教室では十名ほどの学生が、陶芸を体験していた。
『うーん……』
私は、ろくろ台を前に、顔をしかめていた。
こうして唸ったのは、もう何度目だろう。
隣に座る香織が怪訝《けげん》そうに横目で見る。
『なんやねん、葵。さっきから唸ってばかりで』
『なんだか、全然思うようにいかないなって。陶芸って難しいね』
私は、ふぅ、と息をついて、ろくろを止めた。
『そら、そうや』と、香織は笑う。

私たちは今、大学の『陶芸サークル』に参加している。

以前ホームズさんが、小松さんの事務所で気軽に使えるマグカップが欲しい、と話していたので、もし上手《うま》くできたら贈りたいと思っていたのだけど、やはり簡単ではない。

『やり直そう』

私は粘土を崩し、もう一度最初から作り直すことにした。

まず、マグカップの土台を作る。

粘土を丸く平べったくしたものを、台の上に載せるのだ。

その上に型紙を置き、型紙に沿って錐《きり》の先端を挿《さ》し、ゆっくりろくろを回して綺麗な円形にする。

底ができたら、粘土を蛇のようなひも状にした『土ひも』を載せていく。

接着面を傷つけて、水で濡らし、さらに二段、三段と載せる。

ヘラでコップの内側を綺麗にして、外側も下から上に滑らかにしていく。

そして、口元を整えるのだけど――。

『あー、やっぱり上手くいかない』

思うようにいかず、私は粘土を前に、うな垂《だ》れる。

『十分、ええできやん。なんや、ハードル上げてるんとちゃう?』

すでに湯呑《ゆの》みを成形している香織は、私の方を見て言う。

香織の言葉は、的を射ていた。

初めて陶芸に挑戦する身でありながら、理想ばかり高くなって、肩に力が入り過ぎているのだろう。

『部長のお手本を見ると、簡単そうに感じるんだけどなぁ』

『そら、あの先輩は、家が窯元やし』

そんな話をしていると、教室内を見回していた男子学生が、笑顔で歩み寄ってきた。

『二人とも、どうかしたかな？』

彼──梶原春彦《はるひこ》は、にこりと微笑んで訊《たず》ねた。

春彦さんは、私やホームズさんと馴染みの、梶原秋人さんの弟だ。

彼は陶芸サークルの一員だった。このサークルを立ち上げた部長と仲良くしているそうで、私たちに声をかけてくれたのだ。

『葵が、陶芸はやっぱり難しいって唸ってたとこで』

春彦さんは、私の方を向いて納得した様子で頷く。

『そっか、葵さんは、いつも「蔵」の名品を観ているから、余計にそう思うのかもしれないね』

そうかもしれません、と私は肩をすくめる。

常日頃、国宝級の作品を観ている私は、目だけが肥えてしまっている。

自分は素人で、上手くできないのは当たり前だというのも分かっている。香織の作品を観ると、味があって良いと思える。それなのに、どうしてなのか自分の作品の拙《つたな》さに耐えられない。

『ほんまや。もし、いきなり「蔵」にあるような茶碗を作れたら、葵は人間国宝や』

『たしかにね』

香織と春彦さんは、ぷっと笑う。

笑い合う二人を前に、私も頬を緩ませる。

私がニューヨークに留学しているわずかな間に、香織と春彦さんは急速に親しくなっていた。

たまたま、失恋して落ち込んでいる春彦さんを香織が見かけたことがキッカケだったそうだ。

その際に、ポケットティッシュを渡したところ、後日、春彦さんは、律義《りちぎ》に新品のポケットティッシュを持ってお礼を言いに来たそうで、それから交流するようになったという話だ。

ここにいるのは、香織から、『春彦さんの友達が、陶芸サークルの部長なんやって。「体験に来て」て言うてたから、一緒に参加しぃひん?』と誘われたためだ。

『納得いくものを作るといいよ。時間はまだあるはずだし』

と、春彦さんはポケットからスマホを出して、時間を確認した。

教室の壁に時計があるというのに、スマホで時間を確認するのが、きっと癖になっているのだろう。

ふと目に入った春彦さんのスマホの待ち受け画面に、私は目を瞬かせた。

ご当地レンジャーの姿をしている秋人さんだった。

『春彦さんの待ち受け、秋人さんなんですね?』

そう問うと、春彦さんはほんのり頬を赤らめる。

『あー、うん。兄を応援してるのと、あと、弟だけどファンでもあって』

『実の弟さんに、ファンって言ってもらえるなんて、秋人さんも嬉しいでしょうね』

私はふふっと笑って、少し得意になっている秋人さんの顔を思い浮かべた。

『あと、実は僕、子どもの頃からレンジャーとかライダーが大好きでね。この齢《とし》になっても、舞台を観に行くくらい好きだから、兄がレンジャーをやってくれて本当に嬉しくて』

春彦さんは照れくささを誤魔化《ごまか》すように、あはは、と笑う。

私が、へぇ、と洩らしている横で、香織の肩がぴくりと動いた。

『仮面ライダー……、特に好きなのはなんですか？』

俯いたままぽつりと訊ねた香織に、春彦さんは、うーん、と唸って腕を組む。

『555《ファイズ》やW《ダブル》も好きだけど、電王《でんおう》かなぁ……』

その言葉に、香織は何かに弾かれたように顔を上げた。

『う、うちも、電王が一番で！　あと、カブト！』

あー、と春彦さんが手を叩く。

『電王もカブトも、ライダーがめっちゃカッコいいよね。あと、フォーゼ』

『フォーゼっ！』

ライダーについてまったく詳しくない私は二人の様子に圧倒されながら、ろくろを前に作業を再開する。

熱く語る二人の様子はとても愉《たの》しげで、見ているだけで癒《いや》される。

私は微笑ましい気持ちで、粘土に手を伸ばした。

二人の会話を聞きながらの作業は、余計な雑念が入らず、思いのほか没頭できて、我ながら『まあまあ』な仕上がりになった。

『できあがったものは、前に持ってきてください。名前を書いた紙も忘れずに』

と、部長が声を上げた。

成形した作品は、ここで一週間ほど乾かしたのち、部長が回収して持ち帰って、家の窯で焼成してくれるのだ。

素焼きしたものに絵や色をつけて、釉薬をかけて、本焼成をする。

そうして完成したマグカップは、素人作品だが、綺麗な色も出て、初めてにしては上出来だった。

だが、ホームズさんにプレゼントできるような代物ではない。

マグカップの写真をホームズさんに送って、『私の初作品です。上手くできたらホームズさんに贈りたいと思っていましたが、見ての通りの出来なので、自分で愛用しようと思ってます』というメッセージを添えたところ、なんとしてもそのマグカップが欲しい、とホームズさんに懇願された。

『いえいえ、お渡しできるようなものでは……』

と、一度は断ったのだが、ホームズさんは一歩も引かず、私は根負けしてマグカップを彼に渡したというわけだ。

*

「……ホームズさんが、そのマグカップを使うたびに、私は申し訳ない気持ちになります」

私は給湯室に入って手を洗い、コーヒーをドリップしているホームズさんに視線を送る。

彼は、何をおっしゃいますか、と微笑んでマグカップにコーヒーを注いだ。

「僕にとっては、人間国宝が作ったマグカップよりも価値があるものですよ」

なぜ、そんな言葉が出てきたかというと、ちょうど人間国宝のマグカップを前にしていたからだろう。

ホームズさんの前には二客のマグカップがある。

ひとつは、私が作ったマグカップ。

もうひとつは、人間国宝が作ったものだ。現代に活躍する陶芸家、井上萬二《いのうえまんじ》が手掛けたマグカップで、白磁に翡翠色の文様が描かれていて滑らかな美しいラインが特徴だった。

「……人間国宝に怒られますよ」

苦笑する私を見て、ホームズさんは愉しげな様子でマグカップをカウンターへと運ぶ。

私も一緒に給湯室を出て、彼の隣に立った。

「このカップは、あなたにとって初の作品であり、その上、上手くできたら渡したいと僕のために作ってくれたものです。その価値は他の人にはどうあれ、僕にとって計り知れないということですよ」

私は気恥ずかしさから、身を縮ませる。

「価値観は人それぞれ、ということですね」

そういうことです、とホームズさんは頷いて、マグカップを手にする。

「……創作って、時にそういう面がありますよね」

私は、ふぅ、と息をついて、コーヒーを口に運んだ。

ふと、ニューヨークの美術館で観てきた作品を思い浮かべる。

圧倒されて息を呑《の》んだ作品も数多くあったが、同じくらい『よく分からない』と首を捻ったものにも出会った。そんな作品を前に同じサリー・バリモアの特待生のアフリカ系アメリカ人のクロエは、うっとりしながら『素敵』と洩らしていたので、やはり価値観は人それぞれなのだろう。

「何かございましたか？」

「今回の渡米で、何度も抽象画を観たんですが、私には価値が分からない作品も多くて。私に観る目やセンスがないだけかもしれませんが……」

私が肩をすくめると、ホームズさんは、ふむ、と手を伸ばして、本棚から美術本を取り出した。

「葵さん、この作品はご存じですか？」

ホームズさんは、カウンターの上にページを開いて美術本を置いた。

そこに載っていたのは、紙に六本の切れ目が入っている作品だった。

「……知らない作品です」

「こちらは、イタリア人画家、ルーチョ・フォンタナの作品です。葵さんはこの作品に、いくらの値が付いたと思いますか？」

「いくらの……？」

そう問われて、私は目を凝らす。

紙にナイフで切れ目を入れただけの作品に値段なんて、と思うけれど、わざわざ訊《き》いてくるのだから、高額だったのだろう。

「……一千万くらい、ですか？」

「一億四千万です」

ごほっ、と私はむせた。

「一億四千万？」

私は、美術本に顔を近づける。

「こちらは『Concetto spaziale（空間概念）』シリーズの一つで『Attese（期待）』という作品です。カンヴァスを切り裂くことで、新たな空間を創造し、異なる時空間を表現したそうです。このように絵画を切り裂いて表現したのは、フォンタナが初めてだそうです。そうしたこともあって、これだけの値が付きました。その後、他の画家が同じ手法を用いても同じ値段は付かないわけです」

「斬新《ざんしん》だったんですね……」

「ええ。よく抽象画は、『価値が分からない』『子どもの落書きみたい』などと言われますが、実際、子どもの落書きと変わらなく見えるものもあります」

私は、はい、と頷く。

「では、子どもの落書きと何が違うかというと、子どもは思うがままに描いていますが、画家が描く抽象画は、まさに『抽象した作品』なのです」

言っていることは分からないでもないが、いまいちピンと来ない。

私は気が付くと、首を傾げていた。

「たとえば僕が、『宇宙』を描こうとしたとします。一言で『宇宙』と言っても、人それぞれ考える『宇宙』は違っていますよね。僕の心に映し出される『宇宙』は、僕だけのものです」

ええ、と私は相槌をうつ。

「僕は『宇宙』を『僕の中にある思考であり心』と捉えたとします。僕の隣にはあなたがいて、とても幸せな気持ちです。僕は自分の中のこのバラ色の宇宙を表現しようと、カンヴァスいっぱいにピンクの絵の具を塗った一枚に仕上げました。パッと見はピンク一色のカンヴァスです。『こんなの誰にだってできる』と嗤《わら》う人もいるでしょう。一方で、『この作品は恋をした若い男が宇宙を表現した作品』なわけで、それにいくらの値を付けるかは、人それぞれの価値観ということです」

はーっ、と私は息を吐き出す。

もし、ホームズさんが本当にそういう作品を創ったら、上田《うえだ》さんあたりが『恋真っ盛りの清貴が表現した宇宙の絵か』と面白がって買いそうな気がする。

私自身も、ホームズさんが私への想いを込めてカンヴァスいっぱいにピンク色を塗ってくれたなら、きっと欲しくなるだろう。

だけど、ホームズさんを知らない人には、価値を感じられないのだ。

一見、誰にでも描けるように見えたり、子どもが自由気ままに描いた作品のように思えても、その作品にどんな意味があり、どんな想いや哲学が込められているか、それにどれだけの価値を感じるか、なのだろう。

「少し分かった気がします。……抽象画って深いですね」

「そうは言っても、描いた者が深いのか、受け取る側が深いのか、いまいち分からない時もあるのですがね」

そう言ったホームズさんに、私は思わず笑ってしまう。

「受け取る側が、深読みしすぎている時もありそうですね」

「まぁ、そういうところも含めて、芸術の面白さであり、魅力なんですが……」

そんなわけで、とホームズさんは、私が作ったマグカップを包むように持って、視線を落とす。

「価値は人それぞれに違って当たり前で、僕にとって、あなたが作ってくれたこのマグカップは唯一無二の作品なんですよ」

私はむずがゆさに、俯いた。

「そう言っていただいて嬉しいです」

「陶芸は楽しかったですか？」

「はい。楽しかったですけど……」

「けど？」

「誘われない限りはやらないと思います」

そう言った私に、ホームズさんは、そうですか、と目を細める。

てっきり『どうしてですか？』と問われるかと思ったのだけど、彼は何も言わない。

きっと、私の気持ちを察してくれたのだろう。

私は幸か不幸か、良いものを観すぎてしまっている。

もし私が『蔵』やホームズさんに出会わないまま陶芸にチャレンジしていたら、このマグカップの出来映《できばえ》えを心から喜べただろう。

『初めてで、こんなにちゃんと作れるなんて、自分には才能があるのかもしれない』

なんて、浮かれていたにちがいない。

しかし、今の私は良いものに触れすぎて、自分の創作物の拙さに耐えられないのだ。

今回、陶芸にチャレンジしてみて、ホームズさんがクリエイターに憧《あこが》れながらも、自ら創作をしない理由が分かった気がした。

私でもこんな気持ちになるのだ。プライドが高く完璧主義のホームズさんなら、自分の作品が許せないだろう。

その一方で、他人の創作物なら、どんなに拙くても愛《いと》しく思えるのに。

「そういえば、この前、上田さんが来ましてね。僕が、『このマグカップは宝物なんです』

と伝えたら、『清貴がそう言うんやったら、価値があるんやろうな。なんやええカップやん。めっちゃ高そうや』と言ってましたよ」

その言葉に、私はゴホッとむせる。

「上田さん……。でも、たしかに信用のおける目利《めき》きが気に入っているものだと言ったら、作品として価値のあるものだと思ってしまいそうですよね」

あやふやなものだ。

「そうですね。この世界においては、時に鑑定士の言葉が『正解』になってしまうので、それが怖さでもありますね」

私は身が引き締まる思いで、口をきゅっと結ぶ。

「また、芸術作品というのは良くも悪くも、富裕層の価値観に引っ張られがちでもありますしね。長い間、子どもの落書きでしかないと嗤われていた作品でも、ある富豪の心の琴線に触れて、高額な値が付けられたとします。それは、その富豪だけの奇妙な価値観だったとしても、たちまち世間が認める画家になってしまう」

ああ、と私は苦笑する。

「それも往々にしてありますよね。お金持ちが認めると、世間も右へ倣えになってしまうというか……。思えば、円生さんが描いた『蘆屋大成《あしやたしせい》』作品もそうですすね」

円生の作品は、世界的富豪、ジウ・ジーフェイ（景志飛）の目に留まり、陽の目を見たのだ。

「とはいえ、先ほども言ったように価値観は人それぞれです。どんなかたちであれ、クリエイターが注目されるのは良いことですし、特に円生は、誰もが認める素晴らしい才能を持っていますから、ジウ氏との縁を結べたのは、本当に良かったと思っています」

それは私も同感で、強く首を縦に振った。

以前、円生から届いた蘇州《そしゅう》の絵は、今も『蔵』の中華古美術コーナーの壁に飾られている。

初めて観た時の感動は、今も忘れられないし、観るたびに良い絵だとしみじみ思う。

「円生さんといえば、もう小松さんの事務所に引っ越しをしたんですか？」

彼は柳原先生の家を出て、小松探偵事務所の二階を間借りするという話だった。

「はい、とっくに。荷物も少なくて、楽な引っ越しだったようですよ」

彼の荷物が少ないというのは、なんとなく想像がついた。

「『夜の豫園』は、いつ円生さんのところに戻ってくるんですか？」

「展覧会は、十月いっぱいだそうで、それが終わったらすぐに、と聞いています」

「その絵は、とりあえず『蔵』に飾らせてもらえるんですよね？」

彼曰《いわ》く『飾るところもあらへんし』とのことだ。

「ええ、実はそれについて、ちょっとしたことを思いつきまして」

ホームズさんは、いたずらっぽく笑って人差し指を立てる。

彼がこんな表情をするということは、何か素敵なことを思いついたのだろう。

「なんですか？」

「あの絵が戻ってきたら、家頭邸の一階で円生作品の展覧会をしたいと思ったんです。『夜の豫園』をはじめ、高宮《たかみや》さんが所持している蘆屋大成作品も併せて」

私は、わあ、と胸の前で手を合わせた。

「それ、すごくいいと思います」

家頭誠司《せいじ》邸は、哲学《てつがく》の道の近くにある石造りの洋館だ。

一階は家頭家の美術品展示置き場となっていて、ホームズさんはいつか家頭邸を美術館にしたいと考えている。

円生の展覧会が実現したら、その第一歩になるだろう。

「もし、そうなったら、お手伝いをお願いできますか？」

「もちろんです。ぜひ」

「とはいえ、まだ円生自身に提案もしていない状態なんですが……」

「えっ、そうだったんですか」

「頼み方を間違えると、断られそうで……」

そうかもですね、と私は頬を引きつらせる。

「そうだ。円生への提案と説得も手伝ってもらって良いですか?」

「私が、ですか?」

「ええ、僕一人よりもあなたがいてくれた方が、引き受けてくれそうです。僕たちは水と油なので」

まさに、と私は苦い表情で頷く。

元々、二人は犬猿の仲なのだ。

一歩間違えると、互いに臍《へそ》を曲げてしまうだろう。

「分かりました。お手伝いさせてください」

「よろしくお願いします」

「なんだか、プレッシャーです」

私が胸に手を当てると、ホームズさんは、いえいえ、と首を振る。

「もし、あなたがいても説得できなければ、僕だけでは到底無理なはずなので、その企画との縁はなかったということですよ」

そう言ってもらえると、少し気が楽になる。

「そういえば、円生さん、絵は描いているのでしょうか？」

「それが、まだ描いていないようですね。柳原先生の家にいた時は、時間を見付けては、何かしら描いていたようですが……」

引っ越したばかりで、落ち着かないのかもしれない。

私はホームズさんとそんな話をしながら、家頭邸で開かれる展覧会を思い浮かべた。

できることなら、この企画を実現したい。

2

それから数日経った、晴れた日曜の午後。

骨董品店『蔵』の店番を店長にお願いして、私とホームズさんは来客用のお菓子を買うべく、三条通を東へと進み、『本家　船はしや』に向かっていた。

鴨川《かもがわ》のすぐ近くにある、古き良き情緒のある店構えのおかき屋さんだ。

ここに来たのは先日、市片喜助さんから近々『蔵』に顔を出したいという連絡が入ったが、彼がいつ来られるか分からないとのことで、いつ来てもらっても良いようにお菓子を買って用意しておこう、という話になったためだ。

「以前、喜助さんが、生菓子やおかきが好物だと話していましたしね。おかきでしたら、日持ちもしますし」

「生菓子は、賞味期限が短いですもんね」

そう話しながら、私とホームズさんは、店内に入った。

小さなおかきがたくさん詰まった袋が並んでいて、見ているだけで楽しくなる。

ついつい、いろいろと買い込んでしまう。

「そうだ、葵さん。せっかくですから、小松探偵事務所に顔を出してみましょうか」

「あっ、いいですね。円生さんがいたら、展覧会の話もできますし」

私たちは、小松探偵事務所への差し入れも買って、鴨川の河川敷《かせんじき》を散歩する。

「ここは相変わらずですね」

河原には、等間隔に座っているカップルの姿が見える。

それは、今や全国に知られている光景であり、そんな彼らからおこぼれを期待している鳥たちの姿もまた、鴨川名物だろう。

一組のカップルが、トンビにサンドイッチを奪われてしまったらしく、悲鳴に近い声を上げていた。

トンビは他の鳥と違い、『おこぼれを期待する』なんて生易しいものではない。素知らぬ顔でチャンスを窺《うかが》い、一瞬の隙をついて、獲物を手中に収めるのだ。

「あそこのカップル、お昼をトンビに盗《と》られてしまったようですね」

私は、はい、と苦笑する。

「私も香織と河原でパンを食べている時、トンビに盗られたことがあるんですよ」

あれは高校生の頃だろうか？

私は香織と志津屋《しづや》の『たっぷりクリームパン』を買って、河原に腰を下ろした。

紙袋からパンを取り出したその瞬間、私と香織の間を、まさに目にも留まらぬ速さの何かが通り過ぎたのだ。

気が付くと、手にしていたパンはなくなっていて、私と香織の顔がクリームまみれになっていた。

空に目を向けると、遥か向こうに飛び去って行くパンを咥《くわ》えたトンビの姿を確認し、私と香織は呆然としながらも、揃《そろ》って噴き出したのが少し懐かしい。

その話をホームズさんに伝えると、目に浮かぶようですね、と愉しげに目を細める。

「ところで、今トンビにサンドイッチを盗られたのは、その香織さんじゃないですか？」

「えっ？」

ホームズさんの言葉に、私は河原の方に目を凝《こ》らす。それは間違いなく香織だった。

男性の方は――、

「一緒にいるのは、秋人さんの弟さんの……春彦さんではないですか？」

「香織と春彦さん？」

「あの二人は親しかったんですか？」

「あ、はい。最近……」

二人が親しくなったのは知っている。

けれど、二人きりで鴨川に来るほどの仲になっていたとは思わなかった。

もしかして、付き合っているのだろうか？

私は、ぽかんとして二人の許に歩み寄ろうと、一歩前に出る。

「わー、驚いた。トンビは怖いなぁ」

「ほんまや。前に、葵といる時もパンを盗られたことがあるし」

楽しそうな二人の様子に、私は足を止めた。

良い雰囲気だ。

もし本当にあの二人が交際に至っていたとして、それを私に伝えていないのは、気持ちの問題もあるのだろう。

ちゃんと報告してくれるのを待つとしよう。

「ホームズさん、邪魔しちゃ悪いですし、行きましょうか」

私がそう言うと、彼も異論はないようで、分かりました、と頷く。

気付かない振りをして、その場から離れようとした、その時だ。

「あれ、葵とホームズさん？」

「本当だ、葵さーん、ホームズさーん」

私たちの姿を見付けた香織と春彦さんは、なんの躊躇もなく大きな声を上げた。

「あ、香織、春彦さん」

私たちは、今気が付いた振りをして会釈《えしゃく》し、二人の許に歩み寄る。

「葵、今日はバイト休みやったんやね」

「あー、うん？」

店頭にはいないが、遊んでいるわけでもなかったので、私は曖昧《あいまい》に頷く。

「香織さんと春彦さんは、デートですか？」

さらりと訊ねたホームズさんに、私はぎょっとした。

だが、香織と春彦さんは顔を見合わせて、ぷっと笑う。

「いえいえ、ちゃいます、まさかそんな。もうすぐここで、秋人さんのドラマ撮影があるんですよ」

「これから僕たち、ドラマにエキストラ出演するんです」

少し誇らしげに言う二人に、

「秋人さんのドラマのエキストラを？」

私とホームズさんは、周囲を見回した。

二人が言う通り、スタッフらしき人たちが準備をしている。

ホームズさんは思い出したように、ああ、と口を開いた。

「そのドラマは、もしかして、『京日和事件簿《きょうびよりじけんぼ》』ですか？」

「あっ、前に言ってましたね」

秋人さんがプレゼンターを務めている京都紹介番組『京日和』が、二時間サスペンスドラマになるという話は聞いていた。

そうですそうです、と二人は笑顔で頷く。

「鴨川沿いで女優の死体が発見されるシーンやって」

「ドキドキするよね」

ザッとだが、冒頭のあらすじは聞いていた。

たしか、その女優さんは、アイドルの三人に『まるたけえびすに、気を付けて』という謎の言葉を伝えた翌日、鴨川の河川敷で遺体となって発見される、という流れだった。

「そうだ。葵さんとホームズさんも、良かったら一緒に出ませんか？」

「そやそや、一緒に出ぇへん？」

前のめりになる二人に、ホームズさんは、いえ、と手をかざす。

「僕は遠慮しますが、葵さん、もし良かったら」

私も、いえ、と首を振った。

「実は今、お遣《つか》いの途中で」

そうなんや、と香織は少し残念そうに言う。

「香織も春彦さんも、エキストラがんばってね」

「放送、楽しみにしています」

私たちは二人に手を振って、河原から石の階段を上り、四条通に出た。

四条大橋から、香織と春彦さんを見下ろすと、二人も私たちの方を向いていて、大きく手を振っている。

「楽しそうですね」

私は、はい、と小さく笑って手を振り返す。

私たちは、そのまま木屋町通を南へと下がった。

3

桜の木が連なる木屋町通は、春は薄紅色に彩《いろど》られ、秋である今は葉が紅く色付いている。

さらさらと流れる高瀬川の水音を耳にしながら、情緒のある通りを歩いていくと、リノベーションした町家に掲《かか》げられた『小松探偵事務所』という看板が目に入った。

「こんにちは」

今、ここで修業期間中のホームズさんは、インターホンも鳴らさずに引き戸を開けた。

「おー、あんちゃん」

事務所の所長デスクには小松さんの姿。

「ホームズはんは、わざわざ彼女連れて、何しに来てん」

そして、円生の姿もあった。

円生は、自分のデスクに座っていた。耳の中に小指を入れながら気だるそうに訊ねる。

「その前に、あなたこそ、もう小松探偵事務所のスタッフではないというのに、デスクで何を？」

そう問い返された円生は、横目で小松さんを見た。

「上にいたんやけど、このおっさん、プログラミング作業に集中し出したら、まったく外部の音が聞こえなくなるんや。配送が来てインターホンが鳴ってるのに、反応せんから下りてきてん」

小松さんは、悪い、と肩をすくめる。

「音が聞こえてないわけじゃないけど、作業に集中しすぎて動けなかったんだ」

「まー、絵ぇ描いててもそういうことはあるわ」

円生は、同感したように言って、ホームズさんに視線を移した。

「で、あんたらはなんやねん」

ホームズさんが答える前に、私が口を開いた。

「あの、上海から円生さんの絵が返ってきたら、展覧会を開きたいと思いまして」

はっ？　と彼は目を見開く。

「……展覧会て、誰のや」

「ですから、あなたのですよ、円生。『蔵』に飾ってある蘇州の絵や、高宮さん所有の『蘆屋大成』作品も含めて、家頭邸の一階で展覧会を開けたらと思いまして。もちろん、報酬なども……」

ホームズさんがそこまで言いかけると、彼はその言葉を遮《さえぎ》るように立ち上がった。

「ええわ。遠慮しとくし」

私は、あっ、と声を上げて、彼の手をつかんだ。

「ちょっと待ってください」

「っ」

すると、円生は勢いよく私の手を払う。

驚いた私に、彼は少し申し訳なさそうな顔をしながらも、目をそらした。

「展覧会は、気が進まないですか？」

私が問うと、円生は目をそらしたまま首の後ろに手を当てる。

「せやね。そないな仰々《ぎょうぎょう》しいのはええわ」

すると小松さんが、えー、と声を上げる。

「作品はたくさんの人に観てもらってこそだろ。これから画家としてがんばるなら、いい話だと思うけどなぁ」

そういう小松さんに、私も、そうですよ、と同意する。

家頭家の交友関係は、とても広く、なおかつ華やかだ。

きっと円生の絵を気にいる人との出会いもあるだろう。

「いや、いろいろ考えたんやけど、やっぱり俺はもう絵はやめようて思てるし、展覧会とかえぇわ」

円生は吐き捨てるように言う。

私もホームズさんも小松さんも、揃って目を見開いた。

「えっ、やめるって、そんな、どうしてですか？」

「そうだよ、円生。あれだけ描けるのにもったいない」

「本当です。あなたはようやく、目指すべき自分の道を見付けたのではないですか？」

詰め寄る私たちに、円生は声を荒らげた。

「うっさいわ、ほんま」

事務所内がシンと静まり返る。

円生は切なげに顔を歪《ゆが》ませて、そのまま事務所を出て行った。

私たちは困り切って顔を見合わせる。

小松さんが沈黙を破るかのように、あはは、と笑った。

「円生も虫の居所が悪かったんだろ。二人とも、せっかく来たんだから座ってくれよ」

「ありがとうございます」

私はホームズさんとともに、ソファーに腰を下ろした。

「ここに来てから、円生は絵を描いている様子でしたか？」

ホームズさんの問いに、小松さんは、うーん、と唸る。

「描いてるかどうかは……。あいつの部屋の中の様子までは分からないからなぁ。ただ、しょっちゅう出かけてるんだよ」

集中して絵を描く時間はないんじゃねぇかなぁ、と小松さんは洩らす。

「出かけているのは、昼ですか、夜ですか？」

「昼出て、帰ってくるのはきっと夜遅くだな。俺は夜九時くらいまで、ここでプログラミングの仕事してるけど、いる間には帰ってきてないし」

「それでは、きっと描いていないかもしれませんね」

ホームズさんは、少し寂しそうに言う。

「………」

出て行く前に見せた、円生の切なく苦しそうな顔が頭に浮かぶ。

それは、どこかで見た気がする表情だった。

4

市片喜助さんが『蔵』に顔を出したのは、翌日の夜七時過ぎのことだった。

私たちがお店を閉める準備をしていると、カラン、とドアベルが鳴って、喜助さんが姿を現わした。

「あれ、もしかして、もう閉店だったかな？」

喜助さんは、目深くかぶった帽子を脱いで、少し申し訳なさそうに言う。

「こんばんは、喜助さん。お久しぶりです」

と、私は会釈をした。

喜助さんに会うのは、本当に久しぶりだ。相変わらず、華やかなオーラを放っている。

「あれ、葵さん？」

「はい」

「驚いた。すごく大人っぽくなって……もしかして、もう大学生？」

思えば、家頭邸で開かれた大晦日《おおみそか》のパーティ以来かもしれない。あの頃は高校二年生だった。

「ええ。もう、大学二回生ですよ」

「そっかぁ、それは大人っぽくなるはずだよね。本当に綺麗になって……」

喜助さんがそう言いかけた時、ホームズさんが「いらっしゃいませ、喜助さん」と遮るように言った。

「どうぞ、お掛けください」

「久しぶり、ホームズ君。遅い時間にごめんね」

「大丈夫ですよ」

ホームズさんはにこやかに言って、「葵さん、すみませんが」と私に目配せをする。

お店を閉める準備を進めてほしいという意図を察知し、私は「はい」と頷いて、看板を中に入れ、扉に『CLOSED』の札を掛け、カーテンを閉めた。

「なんだか、気を遣わせてしまったみたいだね」

申し訳ない、と喜助さんは、カウンター前の椅子に腰を下ろす。

「お気になさらず。今日舞台は？」

「昨日が千秋楽でね」

「そうでしたか」

ホームズさんは、丁寧にお茶を淹れると、小さなおかきとあられをそえて、喜助さんの前に置いた。

「これ、もしかして、『船はしや』の？」

「ええ、前におかきがお好きだと仰《おっしゃ》っていたので」

「嬉しいなぁ」

閉店作業をすませた私はカウンターの中に入り、ホームズさんの隣に立った。

喜助さんは、ほくほくした様子でおかきを口に運んでいる。

パッと見は、以前と変わらないようだけど、近くで見ると少しやつれている。

昨日が千秋楽だと言っていたから、疲れているのかもしれない。

「今回の舞台はたしか、『源氏物語《げんじものがたり》』でしたね。僕も観に行きたいと思っていたんですが、チケット、すぐに完売してしまいましたね」

そう問うたホームズさんに、喜助さんは、あはは、と笑う。

「おかげさまで、あの演目は特に人気があって。でも、言ってくれたら、チケット手配したのに」

「いえいえ、スターの喜助さんに、そんな図々しいことを頼めませんよ」

「嫌だな、僕のみっともない姿を見ておいて、何を言うんだい。でも、本当に久しぶりになっちゃったよね。高校生だった葵さんが、女子大生になっていたなんて」

と、喜助さんは、私に視線を移して、目尻を下げた。

「ところで、喜助さんは、僕に何か用があったのではないですか？」

即座に訊ねたホームズさんに、喜助さんは苦笑する。

「やっぱり、分かるかな？」

「ええ。わざわざ、会いたいと事前に連絡くださったくらいですから」

「そうだよね。分かるよね」

喜助さんは、ふぅ、と息を吐く。

少しの沈黙の後、喜助さんは意を決したように切り出した。

「君たちには、僕のみっともない姿を見せているから話せるけど……」

その言葉を聞いて、かつての事件が蘇《よみがえ》り、つい頬が引きつってしまう。

当時、彼は、複数の女性と関係を持っていた。

宝塚《たからづか》出身の女優・浅宮麗《あさみやれい》さん、グラビアアイドルの叶野《かのう》アイリさんと同時に交際しながら、資産家の令嬢と婚約。それだけでも驚きだったのに、なんと実の伯父《おじ》の奥さんとも不倫していたのだ。

痴情のもつれから、喜助さんは脅迫状を受け取る事態にまで発展し、命を狙《ねら》われたものの、ホームズさんが解決に導いた。

「──あの事件の後、僕は複数の女性と関係を持つのはやめたんだ」

喜助さんは、少し誇らしげに言う。

まるで褒《ほ》めてもらいたいような雰囲気だが、至極当然のことだ。

「だけど、麗さんとの関係だけは続いていてね。でも、『恋人同士』というよりも、芸能界という過酷な場でがんばる戦友のような感じで、とてもアッサリしたものだったんだ……」

恋人同士のようにベタベタするわけではなく、友達のように支え合い、時に肌も重ねる。喜助さんと麗さんだからこその距離感なのかもしれない。

私とホームズさんは黙って相槌をうった。

ちなみに浅宮麗さんは、今やテレビで大活躍している。

コンスタントにドラマに出演しているし、主役を張るものも少なくない。元宝塚の男役スターということもあり、男勝《まさ》りの弁護士や女医といった役どころが多い。

「僕たちは、自分たちの関係がなんなのか、分からなくなってきていたんだ。互いに束縛《そくばく》や干渉は決してしない。けど、肌だけ重ねる大人の関係というほどドライなものでもなくて、お互いの存在は大切ではある。男女というだけで、親友なのかもしれない、と思うようになってきていたんだ」

「………」

親友は肌を重ねたりしないでしょう、と私は突っ込みたかったけれど、これもまた、人それぞれの考え方、価値観なので言葉を飲み込んだ。

「そして、僕はついに三十代になってしまって」

それには少し驚いた。

喜助さんはとても若く見える。

「周囲が『そろそろ結婚を』と言うようになってきていてね……」

ホームズさんは、ああ、と腕を組む。

「梨園ですから、『早く身を固めろ』と言われそうですね」

「そうなんだよ……後継ぎ問題もあるしねぇ」

梨園のことはよく分からないけれど、大変そうなイメージだけは伝わってきている。

「――で、僕はお見合いをしたんだ」

えっ、と私は思わず声を上げた。

すると、喜助さんは、ばつが悪そうに目を伏せる。

「葵さんのような現代を生きる若い女の子には、ピンとこないかもしれないけど、梨園の妻は、役者の夫を立てて、決して出しゃばらず、裏方に徹するのが美徳だと考えられてる。世間に怒られるかもしれないけど、積み重ねられた古い体質は変わらない。世間の人には分からない、どうにもできない壁のようなものがあるんだ。そんな梨園の世界は、麗さんには酷だと思うんだよ。僕は麗さんに女優を続けてほしいと思う。もちろん女優をやめなくてもやっていける気もするんだけど、家の者たちは引退を求めるだろうし、妻が目立ちすぎると、いちいちバッシングを受けてしまうんだ」

私には、特殊な世界の中のことは、分からない。

何も言えなくなって、私は目を伏せた。

「喜助さんは、麗さんとそういった話をしたことがあるのですか?」

ホームズさんが訊ねると、喜助さんはそっと口を開く。

「……『梨園の妻って、どう思う?』と訊いたことはあるよ」

「それで、麗さんはなんて答えたんですか?」

私は思わず前のめりになって訊いてしまった。

「『梨園の妻は大変よねぇ。小姑もいっぱいだし、女優なんて絶対に続けられなさそう』って笑っていて、『麗さんは、女優を続けたい?』と訊ねたら、『それはもちろんよ』と答えたんだ……」

そうなんだ、と私は下唇を噛む。

「――で、『僕がお見合いすると言ったら、どう思う?』とも訊いたんです。そうしたら、『そんなのあなたの勝手だし、あなたが決めることじゃない』と、あっけらかんと言って笑ってて」

その時の麗さんの姿が、目に浮かぶようだ。

「やっぱり、僕と麗さんの関係は、親友のようなものだったんだって、僕は見合いをすることにしたんだ。相手の女性は、慎ましくて優しくて、『梨園の妻』に相応しいと思える女性で、僕はそのまま話を進めようと思っていた」

私は煮え切らない思いで、喜助さんを見た。

「『梨園の妻に相応しい女性』なら、喜助さんは良かったんですか？」

「……父も祖父も、そうでした。僕の母や祖母はそんな女性だったんです」

そう答えた喜助さんの表情が切なく歪み、私は何も言えなくなる。

「『見合いの話を進めようと思う』と、僕は正直に麗さんに伝えたんだ。そうしたら彼女から、『おめでとう』というメッセージと一緒に、これが贈られてきて……」

喜助さんは、ジャケットの内ポケットに手を入れて、カウンターの上にあるものを置く。

それは、懐中時計だった。

「そのまま僕からの連絡に応えてくれなくなって……電話に出てくれないし、メッセージも既読になるのに、返信はないんだよ」

喜助さんは目を潤ませて、話を続ける。

「やっぱり怒っていたのかなと、いろいろ考えて眠れなくて。この懐中時計に特別な意味があったのかなって」

喜助さんがやつれていたのは、仕事疲れではなく、麗さんのことで悩んでいたせいだったようだ。

彼は、たとえ自分が結婚しても麗さんはこれまで通り側にいてくれる、と勝手に思っていたのかもしれない。

「他に相談できる人もいなくて。そうしたらホームズ君の顔が頭に浮かんだんだよ」

ホームズさんは、分かりました、と言って、懐中時計に視線を落とした。

「この懐中時計をあらためても？」

もちろん、と喜助さんは頷く。

ホームズさんは白い手袋をして、懐中時計を手に取った。

色はゴールドで、蓋にはコスモスだろうか、五枚の花弁が開いている花の絵が彫られている。花の横に丸い実もなっていた。

文字盤はシンプルで、時計の縁取りとリューズはゴールドだった。

ふむ、とホームズさんは唸る。

「スイスの高級時計メーカー、パテック・フィリップの懐中時計ですね。こちらは『リコシェ・シリーズ』と言いまして、スイスの宝飾家、アルベ・ジェルベとの共同制作で、作られた期間がとても短い、大変貴重なものです。価格にすると二百万くらいでしょうか」

喜助さんは、二百万、と息を呑む。

「そんな高価なものだったんだ」

「……麗さんは、なかなかの名家の出だとか。家に伝わっていたものかもしれませんね」

「そうだ。麗さんは元々、芦屋《あしや》のお嬢様なんだ。幼い頃から、ピアノやバレエ、日舞をやっていて、宝塚に入りたいと親に懇願したとか。でも親に反対されて、ほとんど勘当状態で宝塚に入ったという話だよ。もうずっと、実家には帰っていないとか」

その話は初耳だったため、私は、へぇ、と相槌をうつ。

「もしかしたら、これは家から持ってきた、麗さんの宝物だったのかもしれませんね。ただ、蓋の花だけは、後から――最近彫られたもののようです。これがあることで、金額的な価値は下がるでしょう。おそらく、そうなると分かっていてもこの花を刻みたかった。この花は二人の間で特別な花でしたか？」

喜助さんは、ホームズさんの手の中にある懐中時計に目を落とす。

いいえ、と喜助さんは困ったように、首を振る。

「コスモスに特に何か思い出があるわけではなくて……。僕もこの花に何か意味があるのか調べはしたんだ。コスモスの花言葉は、『謙虚』『乙女の真心』『調和』だった。だから、『コスモスのような人と幸せになって、時を刻んでほしい』ということかとは思ったんだけど、自分の中でどうにもしっくりこなくて」

喜助さんは、そう言って頭に手を乗せ、クシャッと髪をつかむ。

ホームズさんは、「えっ？」と洩らして、動きを止めた。

「『えっ』て？」

私と喜助さんはきょとんとして、ホームズさんを見た。

「――喜助さんは、この花をコスモスだと思ったんですか？」

ぽかんとしているホームズさんに、

「コスモスじゃないの？」

喜助さんもぽかんとする。

私もコスモスだと思っていたので、少し戸惑った。

「それじゃあ、この花は？」

そんな私たちを前に、ホームズさんは本棚から花図鑑を取り出して、ぱらぱらとページを開いて、カウンターの上に置いた。

「この花ですよ」

そこには、五枚の白い花びらを持つ、中央の柱頭や花糸の先のやくが黄色い可憐な花の写真が載っていた。花の側には、黄色い柑橘《かんきつ》の実がなっている。

「あっ、丸い実もある。これですね」

「本当だ。この花の名前は……」

私と喜助さんは、あらためて本に目を向けた。

『橘《たちばな》』と書かれている。

「これは、橘の花。つまり花橘《はなたちばな》ですよ」

「……花橘だったんだ」

喜助さんは、花図鑑に顔を近付ける。

そのページには花言葉も記されている。橘の花言葉は、『追憶』だった。

追憶という意味を持つ花の絵を、時計の蓋に刻む。

喜助さんは、ますます分からなくなったようで、ううっ、と唸って額に拳《こぶし》を当てた。

「『追憶』とは、『過去に想いを馳《は》せる』こと。花言葉だけではなく、花橘に託《たく》した想いがあるのかもしれませんよ？」

ホームズさんには、もう麗さんの想いが分かっているようだ。

その上で、喜助さんを諭《さと》している。

「花に託す想い。そして過去に想いを馳せる……」

喜助さんは考え込むようにした後、あっ、と顔を上げた。

「『和歌』かな。花橘が出てくる和歌って、何があるんだろう……」

喜助さんは、すぐにスマホを取り出そうとしたが、その前にホームズさんが和歌の本を彼の前に差し出した。

「昨今はなんでもネットに答えが出ていますが、自分でページをめくって調べてみるのも良いものですよ」

「あ、ああ。ホームズ君は、うちの父のようなことを言うね」

ありがとう、と喜助さんは、ページをめくる。

ちょうど、花の種類別の索引ページもあり、調べていく。

——五月待つ　花橘の香を嗅《か》げば　昔の人の袖の香ぞする
『五月になり、花橘の香りを嗅ぐと、昔付き合っていたあの人の袖の香りがする』

そんな昔の恋を彷彿とさせる歌だ。

「これかな。でも、なんか違う気がするな」

と、喜助さんは洩らして、次の和歌を確認する。

——誰かまた　花橘に思ひ出でむ　我も昔の人となりなば
『私が、花橘の香を嗅いで昔の人を思い出すように、私が死んだ後、私のことを誰かが思い出してくれるのだろうか』

「もしかしたらこれだったりして。『私が死んだ後、私のことを思い出してほしい』っていうことだったり……まさか、麗さんは命を絶つつもりじゃ」

そこまで言って喜助さんは顔を青くさせて、勢いよくスマホを取り出して電話を掛ける。

だが、彼女は電話に出る様子はない。

『麗さん、大丈夫？』

すぐにメッセージを送ると、それに既読が付いたようで、喜助さんは安堵《あんど》した様子で、はぁ、と息を吐きだす。

ホームズさんはその間、何も言わずに喜助さんを見ていた。

「和歌は、まだあるみたいだね。他にも調べてみよう」

他にも花橘を使用した和歌は多くあったが、どれもピンとは来ないようで、喜助さんは顔をしかめている。

喜助さんは、ページを指でなぞり、ある和歌のところで手を止めた。

――君が家の　花橘は成りにけり　花なる時に逢はましものを
作者は、『遊行女婦』という。当時の芸妓のようなものだろうか。

その意味は、

『あなたの家の花橘は、すっかり実になってしまっているんですね。花の咲いているうちに、もっと早くに逢っていたかった』

「――っ」

喜助さんは言葉を詰まらせて、口に手を当てている。

〝喜助君は、すっかり身を固めてしまうのね。自由な身であるうちに、もっと会っていたかったな〟

そんな麗さんの声が、私にも聞こえた気がした。

「……麗さん」

喜助さんは拳を握りしめて、目を瞑《つむ》った。

「あの、喜助さん」

彼は何も言わずに私を見つめ返す。

「喜助さんは、ちゃんと麗さんと話をしたこと、ありましたか?」

「えっ?」

「それとなく『梨園の妻って、どう思う?』といったことを訊いただけで、話し合っていないんですよね?」

「……あ、うん」

「喜助さんは、麗さんが『女優をやめられるわけがないから』って決めつけて、一度だってちゃんと話さなかったんですよね？」

そう続けると、喜助さんは大きく目を見開いた。

「いや、だって、彼女は『女優をやめたくない』って。そもそも、彼女は女優をやめて、梨園の妻になるような人じゃないし」

「そんなの、喜助さんが決めることじゃないです。何より、そんなんじゃ、麗さんだって、悩むことすらできないですよ！」

そりゃあ、と私は続ける。

「今の時点で、麗さんが『女優をやめたい』なんて思うわけないですよ。でも喜助さんが本気になってくれて、真剣にプロポーズしてくれたら、そこで初めて、悩むことができるんです。二人でちゃんと向き合って、どうするのが二人にとって良いか、相談することだってできるんです。この花橘に込めた想いは、『あなたに会えるうちに、もっと会っていたかった』。それは、『もっと話したかった。ちゃんと話し合いたかった。一緒に時を刻みたかった』ってことじゃないんですか？」

喜助さんは、大きく目を見開いた。

そのまま、ぽろぽろと涙を流したので、私はぎょっとする。

「葵さんが言ってることは、分かるよ。だけど、僕は怖かったんだ！」

「怖かった？」

「そうだよ。あんな事件があった後も、僕を支えてくれた麗さんは、僕にとって、とても大きな存在になっていたんだ。そんな麗さんに、二人の関係を『ただのセフレ』だと決定づけられるのも、ちゃんとプロポーズして、『やだ、あなたなんかと結婚できるわけないじゃない。梨園の妻なんてごめんだわ』って、一笑に付されるのも怖かったんだ。だから、探っていたんだよ。でも結婚する気はなさそうだし、好きな人と結婚できないなら、誰としても一緒だし、それなら『梨園の妻』に相応しい人でいいやって……」

喜助さんは、子どものように泣きじゃくりながら言う。

いろいろ言っていたけれど、喜助さんは心から麗さんが好きで、それが故《ゆえ》に不安だったようだ。

「喜助さん……」

ファンが見たら、幻滅する姿だろう。

だけど、私はこの姿を見て、麗さんが喜助さんの側にいたわけが分かった気がした。

きっと、どうしようもなく可愛かったのだろう。

側にいて、支えたいと思っていたに違いない。

ホームズさんは内ポケットからハンカチを取り出して、喜助さんに差し出した。

「喜助さん、本当に好きな人を前に臆病になってしまう、あなたの気持ちは分からなくもないのですが、それで気持ちのない人と結婚しても、結婚相手もあなたも麗さんも不幸になりますよ。まだ、花橘は実を結ぶまでいっていません。今なら間に合うんです。麗さんがあなたからの連絡をブロックせず、それでも応じないのは、『欲しい言葉』を待っているのではないでしょうか？」

喜助さんはハンカチを受け取り、鼻をすすりながらスマホを手にする。

『麗さん。あなたが懐中時計に託した想いを受け取れました。花橘は、まだ実を結んでいません。見合いの話を進めるのはやめようと思います。大切な話をしたいので、会ってもらえますか？』

そうメッセージを送ると、ややあって『ＯＫ』というスタンプが返ってきた。

喜助さんは、はあああ、と救われたような声を出す。

「良かったですね、喜助さん」

私が笑顔で言うと、喜助さんは、うん、とはにかむ。

「……各方面にめちゃくちゃ怒られそうだけどね」

「それでも、取り返しのつかないことになる前で良かったですよ」

そう言ったホームズさんに、そうだね、と喜助さんは頷く。

「ありがとう。重ね重ね、情けない姿ばかりお見せして……」

いえいえ、と私とホームズさんは首を振った。

それでも喜助さんは、気恥ずかしいようで、いそいそと帰り支度《じたく》を始める。

「それじゃあ、もう遅いし、僕はそろそろ。本当にありがとう」

喜助さんは立ち上がって頭を下げ、帽子を深くかぶる。

そのまま背を向けた喜助さんに、「ああ、喜助さん」とホームズさんが声をかけた。

うん？　と喜助さんが足を止める。

「その懐中時計が贈られたのは、いつ頃でしたでしょうか？」

ええと、と喜助さんは、記憶を確認するように上を向く。

「もしかして、京都に来る少し前でしたか？」

ああ、と喜助さんは頷いた。

「そうだ。南座公演の直前に。それがどうかした？」

いえ、とホームズさんは目を細める。

「今度、ゆっくりお越しください」

「うん、ぜひ。バタバタするから、春頃になるかもしれないけど」

「ああ、それでしたら、とっておきの和菓子を用意して待っていますので」

「とっておきの和菓子ってなんだろう、楽しみだな」

喜助さんはもう一度礼を言って、店を出て行った。

彼の姿が見えなくなると、私はホームズさんの方を向く。

「どうして、いつ懐中時計をもらったか訊いたんですか？」

そう問うた私に、ホームズさんは、さて、と口角を上げる。

私は、ふふっと笑った。

麗さんは、きっと喜助さんがホームズさんを頼ってくれたら、と思ったのだろう。

喜助さんに気付いてもらいたい。

喜助さんから動いてもらいたい。

そんな想いをこめて、あの時計を贈ろうと考えた。

だけど喜助さんには、解けない可能性がある。

「きっと麗さんは、ホームズさんに謎を解くお手伝いをしてもらいたかったのかもしれませんね」

そう言うとホームズさんは、どうでしょう、と首を傾げる。

「だとすれば、頼ってくれて良かったです。喜助さん、花の種類から間違えてましたしね」

「そうですね。私も喜助さんも、コスモスだと思い込んでいましたし」

「麗さんが気の毒すぎますね」

本当に、と私は笑う。

「それにしても、麗さんもどうしてそんな回りくどいことを……」

「それは、麗さんも喜助さんと同じだったからでしょう」

「同じ？」

「喜助さんが好きだからこそ、怖かったんですよ」

そういうことなんだ、と私は頷いた。

本当に好きだからこそ、臆病になってしまうことはあるものだ。

二人は同じ気持ちだったのだ。

ふと、お見合いをすることにしたと話していた時の、喜助さんの切なく苦しそうな表情が頭を過る。

あれは、好きが故のやりきれなさだったのだろう。

そういえば昔、ホームズさんに一度別れを告げられ、もう一度会った時。

『どんな理由があるにしろ、僕は円生以上にあなたを傷付けました』

そう言って、ホームズさんは私から離れようとした。

あの時の苦しそうな表情と、喜助さんの表情が重なる。

そして、絵をやめると言っていた円生の表情もだ。

そうか、と私は振り返って、壁に掛けられた蘇州の絵を観る。

もしかしたら円生も、絵が好きだからこそ、臆病になってしまっているのかもしれない。

だから、怖いのだろう。

……だとするなら、心配はいらないだろう。

臆病になるくらい、好きなものなら、やめられるはずがないのだ。

円生と比べられるようなものではないけれど、ある意味、私も一緒だ。

陶芸をやりたくないと思ったのは、自分の作るものが拙いのが嫌だったからだ。

それはすなわち、怖かったから。

本当は陶芸自体は、とても楽しかったというのに——。

「ホームズさん、私、やっぱりまた陶芸をやってみようと思います」

独り言のようにつぶやくと、ホームズさんは、ええ、と微笑む。

「良かったら、今度一緒にやりましょう」

ぜひ、と私は笑顔を返した。

「ところでホームズさん。とっておきの和菓子ってなんですか？」

湯呑みを片付けていたホームズさんは、ああ、と顔を上げた。

「京都鶴屋鶴寿庵《つるやかくじゅあん》さんに『花橘』という和菓子があるんですよ。橘を模った和菓子で、こしあんが入った上品な甘さの生菓子なんです」

「それは、美味しそうです」

「ええ。喜助さんと麗さんが一緒に来てくれた時に、お出しできたら良いですね」

私たちは微笑みながら、閉店の準備を再開する。

素直になれない大人の想いの裏側を感じた、甘酸っぱくて切ない夜だった。

第二章　劇中劇の悲劇

1

暦は十月も下旬。

秋の寂しさとは無縁の京都は、日々活気を増している。

芸術の秋とはよく言ったもので、この骨董品店『蔵』にも来客が増えていた。

今、ショーウィンドウは、『大正ロマン』をテーマにしたものを飾っている。

マネキンに市松模様の着物と袴を着せ、当時を彷彿とさせる家具を展示。

チェストの上には陶器の置時計、テーブルの上にはレトロで華やかなカップ&ソーサーに、花を思わせるステンドグラスのランプを置いてみた。

この展示がなかなか好評で、通りかかる若い男女が足を止めてくれている。

「ああ、また、通行人が葵さんの展示を見ていましたよ」

カウンターの中で商品を丁寧に拭《ふ》いていたホームズさんが、手を止めて言う。

掃除をしていた私は振り返って、ショーウィンドウを確認した。

若い女の子二人が、和洋折衷で素敵や、と展示を見ていた。

「本当だ。思ったより、若い子のウケが良くて嬉しいです」

「あの狭いスペースに『大正ロマン』を表現した展示をするなんて、僕には思いつきもしなかったことです。素晴らしいですね」

熱っぽく言う彼に、頬が熱くなって、そんな、と私は身を小さくさせた。

「ミーハーなだけですよ」

「おかげで、うちにある香蘭社《こうらんしゃ》の商品も売れてまして、ありがたいことです」

「わあ、本当ですか？」

香蘭社とは、社名は変わってはいるものの、江戸時代から続く有田焼《ありたやき》の老舗《しにせ》だ。

私の中では『大正ロマン』のイメージがある。

テーブルの上に置いてあるカップ&ソーサーは、金彩に縁どられた中に松竹梅が描かれたもの。

自分のディスプレイがキッカケで商品が売れるなんて、こんな嬉しいことはない。

「価格も五万円以下と、手に取りやすいのもあるのかもしれませんね」

そう続けた彼に、私は頬を引きつらせる。

何十万、何百万、はたまた何千万という骨董品を扱っていると感覚が麻痺《まひ》しがちだが、五万円のカップ&ソーサーは、一般的に決して『お手頃価格』ではない。

「一般的に『手に取りやすい金額』って、ワンコインだと思いますけど」

私は小声で囁いて、肩をすくめる。

「もちろん、分かっていますよ。古美術の世界では――の話です」

「まぁ、そうですよね」

「葵さんは、僕の金銭感覚を疑っている節《ふし》がありますが、僕はこれでも節約家なんですよ？」

「えっ、そうなんですか？」

「ええ。スーパーで特売のシールが貼られていたら、それを手に取りますし、買おうと思っている物が数日後に安くなると知れば、それを待ちますし」

「ちょっと意外ですが、でも、思えばホームズさんにはそういうところもありますよね」

「安く買える物でしたら、なるべく安く手に入れたいですし、本当に欲しい物、価値を感じた物に対しては出費を惜しまないだけです」

思えばそういうところも、ホームズさんらしい。

「そういう人間なので、所有欲があまりなくて助かっていますよ」

たしかに、と私は笑う。

「ですから、僕は怖くて仕方ないです」

「何がですか？」

「もし、あなたの作ってくださった、あのマグカップが盗まれて、オークションに出されでもしたら、僕はどんな手段を使っても取り返そうとするでしょう。貯金のすべてを使ってしまったら、と」

真剣な顔でそんなことを言うホームズさんに、私はぎょっとした。

「まぁ、これは冗談ですが」

そう続けられ、私はホッとした。

「良かった。でも、もし盗まれたり、割れたりしたら、またがんばって作りますね。また陶芸サークルに参加することにしたので」

「それは嬉しいです。入部されるんですか？」

「いえ、時々のゲスト参加でいいって言ってくれたんですよ。前に、ホームズさんから抽象画のレクチャーを受けて、価値観は人それぞれだし、下手くそでも自分が好きだと思えるものを作れたらいいな、と考えるようになったんです」

それは良かった、とホームズさんが嬉しそうに目を細めた、その時だ。

少し乱暴に扉が開かれ、カランッとドアベルが鳴った。

私は戸惑いながら、扉の方に目を向けると、そこには金髪のボブカットに赤いカラーコンタクトを付け、真っ黒なドレスを纏《まと》った女性が息を切らしながら仁王立ちしていた。

「相笠《あいがさ》先生……」

ホームズさんは、ぱちりと目を見開いて言う。

突然現われたのは、以前、吉田山荘《よしださんそう》の真古館《しんこかん》で朗読会を開いた相笠くりすだった。

彼女は、ゴスロリファッションと、それに似合わないダークな作品を書くことで知られ、多くのヒット作を出している女流作家だ。

彼女は数年前、ごく親しい人物に殺されかけるという事件に遭い、その犯人をホームズさんが暴いた。その後は、それまでのスタイルをやめて、ごく普通のファッションに身を包むようになっていたのだが……。

ホームズさんは、いらっしゃいませ、と微笑む。

「再び、ドレスを着られるようになったんですね」

笑顔でそう続けるホームズさんに、相笠先生は、ええ、と頷いて、大股でカウンターに歩み寄る。

「やっぱりこういう格好が好きで、戻すことにしたのよ。世間ウケもいいしね。それより、あそこの展示、すっごくいいわね！　私、明治・大正・昭和初期のロマン溢《あふ》れる雰囲気が大好きなの！」

彼女はショーウィンドウを指して、やや興奮気味に言う。

ありがとうございます、と私たちは頭を下げた。

思えば、相笠先生が好みそうな雰囲気ではある。

「これはもう……運命としか言いようがないわね」

彼女は熱っぽく言って、胸に手を当てた。

「運命？」

何を言ってるのだろう、と私とホームズさんは顔を見合わせた。

「清貴さん――」

相笠先生は、カウンターに手をついて勢いよく前のめりになる。

「お願いがあるの」

その言葉に、少し嫌な予感がするのだろう、ホームズさんは微かに眉根を寄せる。

「……また、撮影会はごめんですよ」

私は思わず噴き出してしまった。

以前も彼女はここを訪れて、ホームズさんに妙なお願いをしたことがあったのだ。

笑いごとではありませんよ、とホームズさんは、さらに顔をしかめる。

「思えば、あの時も十月末でしたね……」

ホームズさんは、あの日を振り返るように額に手を当てて、小さく息をついた。

＊

あの悲劇は、数年前の秋。

僕――家頭清貴が、一人で店番をしていた時のことだ。

『お久しぶり、家頭さん』

ふらりと、女流作家の相笠くりすが店を訪れた。

かつてはゴスロリファッションに身を包んでいた彼女だが、今は普通にスーツ姿であり、印象はあの時とまるで違っている。

表に出て活動する作家としては、前の方がインパクトがあって良かったのではないか、と僕は思いながら笑みを返した。

『これは、相笠先生、お久しぶりですね』

彼女は、菓子折りを差し出しながら、おずおずと口を開く。

『突然、お邪魔したのは、お願いがあって』

僕は『やっぱり』と苦笑した。

店に入ってきたその様子から、何か頼みごとがあることを察していたのだ。

相手が他の人間なら、『お断りします』と、この時点で突っぱねる。

だが、作家である彼女の頼みとなると、どんな内容なのか興味もあった。

――とはいえ、なるべく面倒な話じゃなければ良いのだが。

『お願いといいますと？』

『実は……』

彼女は紙袋の中から、ゴソゴソと何かを取り出した。

それは、黒いマントと牙《きば》――ヴァンパイアの衣装だ。

『今、ヴァンパイアの話を書いていて。その表紙イメージを絵師さんに伝えるのに、モデルになってほしいの。だから、ヴァンパイアの仮装をしたあなたの写真を撮らせてもらいたくて』

黒いマントを差し出して彼女は頭を下げる。

それは思ったより、ずっと簡単な頼みごとだ。

ヴァンパイアの扮装《ふんそう》ならば、今の服にマントと口の牙をつけるだけで充分だろう。

『今日はハロウィンだし、急にお客様が来ても大丈夫かなと思って』
その言葉に僕はカレンダーに目を向けて、ああ、と相槌をうつ。
『本当ですね、今日はハロウィンでしたね』
自分とは関わりのない行事のため、あまり気にしていなかった。
『引き受けてもらえるかしら？』
ふと時計を見ると、午後二時。
あと一時間もしたら葵さんが店に来る予定だ。
ハロウィンだし、ヴァンパイアの仮装で彼女を驚かせるのも楽しいかもしれない。
いつものように入ってきた葵さんは、自分の姿に驚くだろう。
その時にすかさず、
〝葵さん、トリックオアトリート、お菓子をくれないといたずらしますよ〟
と伝えたら、彼女はきっと真っ赤になるに違いない。
そこですぐに〝冗談ですよ〟と返す。
まぁ、本音を言えば、できることならいたずらをしたいのだけど。
『ええ、良いですよ。写真くらいお安い御用です』
僕は、微笑んで、承諾した。

だが、それは、やはり間違いだったのだ。
マントを羽織《はお》り、口に牙をつけ、ヴァンパイアの仮装をして僕が彼女の前に立つと、
『はあ、これは思った以上に……』
相笠くりすは真っ赤になって、口に手を当てる。かと思うと、
『家頭……いえ、清貴さんと呼ばせてもらうわね。柱時計の横にお願いできる？』
デジタル一眼レフカメラを取り出して、真剣な眼差しを見せた。
――その後は、大変だった。

『これから女性を攫《さら》うようなイメージで手を伸ばして！　ひゃああ』
『次に、不敵に微笑んで！』
『白い喉《のど》を見せつけるように上を向いて！』
『ちょっとだけ、その、舌を出してもらえたら……ふあああ！』

撮影は思ったよりも要求が多く、かつ、とても面倒であり、僕は『自分は絶対にモデルには向いていない』と痛感させられた。
『――ありがとう。なんだか最後は趣味に走ってしまって申し訳ないわね』

相笠くりすは、謝りながらもカメラを胸に抱くように持って、ほくほくした様子を見せている。

『……思っていたよりも、ずっと疲れました』

僕は額に手を当てて、はーっと息を吐いた。

『ああ、清貴さん、本当にごめんなさいね』

『ええ、できれば、こうしたことはこれきりにしていただけると』

その時、カランとドアベルが鳴り、

『おはようございます』

葵さんが店に入ってきた。

『あっ、相笠先生、お久しぶりです。わあ、ホームズさんも仮装してる。驚かそうと思ったのに』

その言葉に、反射的に顔を向けると、彼女は黒い猫耳のカチューシャをつけていた。

『商店街で配っているのをもらったんです。ホームズさん、〝トリックオアトリート。お菓子をくれなきゃ、いたずらしちゃうぞ〟なんて』

葵さんは手を猫のように丸め、照れ笑いをした。

そんな彼女を前に、

『――っ！』

僕は、カウンターに突っ伏す。

額がテーブルに直撃して、ごつんと音を立てたが、痛みは感じない。

『え、ホームズさん？』

『あかん。お菓子はあげへん』

『へっ？』

そやから、好きなだけいたずらしてくれてええし……。

突っ伏したままぽつりとつぶやいた僕に、葵さんは聞き取れなかったようで、『えっ？』と首を傾げる。

だが、正面にいた相笠くりすには聞こえていたようで、

『そ、それでは遠慮なく』

ごくりと生唾《なまつば》を呑んで、すぐに手を伸ばそうとした。

『あなたに言うてませんし！』

思わず勢いよく上体を起こして、声を上げた僕に、

『ええ？』

相笠くりすと葵さんの戸惑った声が揃った。

＊

「……いろいろとあかん」

ホームズさんは独り言のように洩らして、額に手を当てる。

相笠先生にモデルを頼まれた日のことを、鮮明に思い出したのだろう。

彼女もホームズさんの気持ちを察したように、ふるふると首を振る。

「ああ、もう、写真のモデルはお願いしないから、安心して」

「そうですか？　本当ですか？」

「本当よ」

断言した彼女に、ホームズさんも安心したのか表情を緩ませる。

「コーヒーを淹れますので、どうぞ、お掛けください」

そう言ってホームズさんは給湯室に入っていった。

相笠先生は椅子《いす》に腰を下ろしてから、私の方を見た。

「葵さん、お久しぶり」

「お久しぶりです。先生の作品、読んでますよ」

した。

「ありがとう」

彼女は、吉田山荘・真古館での過酷な経験を基にした作品を書き上げ、それは大ヒット
その後の活躍も目覚ましい。

「歴史ファンタジー作品も大好きで、完結してしまって寂しかったです」

「歴史ファンタジーって、シリーズにできないのが難点なのよね」

「ああ、そういえば、ファンタジーとはいえ、史実を基にしていましたし、主人公の目的が達成したら、それで完結ですもんね」

「そうなのよ」

「それじゃあ、今度はシリーズものを？」

「ええ、考えているんだけど……」

と、彼女と他愛もない話をしていると、「お待たせしました」とホームズさんが給湯室から現われて、カウンターの上に三客のコーヒーカップを置いた。

せっかくの機会だからなのだろうか、カップ&ソーサーはすべて香蘭社のものだった。

相笠先生の前に置いたのは、中でも最も華やかな、金彩が眩しい逸品だ。

「絢爛豪華《けんらんごうか》な和洋折衷、素敵ね……」

「香蘭社の『染錦間取金彩松竹梅』です」

と、ホームズさんは説明をする。

一緒に出したお菓子は、バームクーヘンだった。

以前、ホームズさんに聞いた話だが、ドイツのお菓子であるバームクーヘンは、大正時代に日本に伝わってきたということだった。『大正ロマン』の展示にピッタリだと思い、用意していたのだ。

また、チョコレートやキャラメルも同じ頃らしい。

「せっかくですから、葵さんも座って休憩しませんか?」

ホームズさんの申し出に、私は失礼します、と遠慮がちに相笠先生の隣に座る。

相笠先生は、どうも、とカップを口に運び、目を細めた。

「相変わらず、ここのコーヒー、美味しいわ。素敵なカップだから余計に」

ありがとうございます、とホームズさんは笑みを返す。

私もコーヒーを一口飲んでから、彼女の横顔に目を向けた。

「それで相笠先生、ホームズさんにお願いがあったんですか?」

私が問うと、彼女は「そうなの」とカウンターの上で手を組み合わせる。

「あの事件の後、私は『事実を基にした作品』を書くのに向いていると思ったの」

私とホームズさんは、そういえば、と頷く。

さっき話していた歴史ファンタジーしかり、今の彼女は実際にあった事柄や事件をモチーフに作品を書いている。

大きく脚色もしているため、史実とはまた別の印象になるのが、魅力でもあった。

「何より私、実在の人物をモデルにした方が、書きやすいことにも気が付いたの。それで今、新作を書いているんだけど……」

そこまで言って彼女は、しっかりとホームズさんの目を見た。

「清貴さん、あなたをモデルにした作品を書かせてもらいたいの」

えっ、とホームズさんは目を瞬かせる。

「あなたのことは、伊集院《いじゅういん》先生にこと細かく話を伺っているの。だから、自分では『あなたを書ける』という自信があるのだけど、その許可をもらいたくて」

伊集院先生とはホームズさんの父であり、作家の家頭武史《たけし》さんのこと。彼の筆名が伊集院武史といった。

「許可って……」

ホームズさんは困惑した様子だったけれど、私は胸が躍った。

「相笠先生、ジャンルは何ですか？」

「それはもちろん、ミステリーよ」

彼女は胸を張って答える。

ミステリーですか……と、ホームズさんは興味深そうにつぶやく。

その表情から、『恋愛やファンタジーじゃないならば、まぁ良いかもしれない』という思いが窺えた。前回の撮影会の件もあり、今度は小説の中でヴァンパイアにでもされるのではないか、と懸念していた節もある。

「名前などは変えていただけるんですよね？」

「も、もちろん」

「それなら、別に反対する理由はありませんよ」

ホームズさんがそう言うと、相笠先生は隣の椅子に置いてあるトートバッグから茶封筒をごそごそと取り出して、カウンターの上に置いた。

「というか、もう書いてしまったの……」

ええっ⁉　と私とホームズさんは目を丸くした。

「もう書いてしまわれたんですか？」

そうなの、と彼女は少し申し訳なさそうに、茶封筒の中から原稿を取り出して、スッとホームズさんの前に置く。

原稿はA4サイズのコピー用紙に印刷されており、私も首を伸ばして覗き見ると、『家頭清貴』という文字が目に入った。

「……名前は、そのまま『家頭清貴』になっていますが、変えていただけるのでは？」

「ああ、ごめんなさい。出版の際には変更するわ。本名で書いた方が、入り込めるからそうしただけで」

ホームズさんは、はぁ、と相槌をうち、原稿に目を落とす。

「確認しても良いですか？」

「もちろん、そのために持ってきたの」

「タイトルが書かれていませんね」

「まだ、正式に決まっていないんだけど、シリーズタイトルは『京都探偵事件譚《きょうとたんていじけんたん》』で、今回の話は『華麗なる一族の悲劇』にしようと思ってるのよ」

……どこかで聞いたような、と私とホームズさんは苦笑する。

実は、と彼女は肩をすくめた。

「名作のオマージュというか、パスティーシュ（模倣）というのか、まぁ、そういう作品なのよ」

「なるほど。それはそれで楽しみですね」

「でしょう？　ささっ、読んでちょうだい。良かったら、葵さんも」

ホームズさんは、失礼します、と一枚目を手に取り、視線を落とす。

面白そうだと思ったのか、ほんの少し口角を上げた。

「分かりました。では、葵さん。せっかくの作品を拝読するのですから、今日は、店を閉めましょうか。クローズにしてもらえますか？」

私は、はい、と返事をして、店の外に出ると置き看板を中に入れて、扉に『CLOSED』の札を掛ける。

私たちはカウンターから離れて、応接用のソファーに座った。

「そうそう、作中で探偵が警察の捜査に協力したりと現代においては考えられないことがあったり、時代は昭和初期なのに、登場人物の口調が現代的だったりするけれど、それはあえて読みやすさとエンターテインメント性を考慮しているの。怪訝《けげん》に思っても目を瞑《つむ》っていただけたら幸いよ。『賢明な読者諸君へ、作者からのお願いである』というやつね」

分かりました、と私とホームズさんは小さく笑って、原稿に目を落とす。

――ここからのお話は、ホームズさんを主人公にした、相笠くりす著作の物語。

京都探偵事件譚

華麗なる一族の悲劇

相笠くりす

序章

昭和十二年。

梶原秋人《かじわらあきひと》は、哲学の道を目指して東の方角へと息を切らして走っていた。

その出で立ちは、着物に袴、そして学帽と、どこから見ても書生だが、実は落ちこぼれの烙印《らくいん》を捺《お》されている。ついでにおっちょこちょいの烙印もだ。

だが彼は、容姿は端麗だ。西洋人を思わせる明るめの髪色に華やかな顔立ちは、数多《あまた》の欠点を補うほどだった。

哲学の道に入り、今度は北へと曲がると、石造りの洋館が見えてくる。

玄関の扉が開放されていて、使用人たちが玄関を掃き、窓を拭き、庭を整えと、今日も屋敷を磨いていた。

ちわーっす、と秋人は駆け足のまま、顔見知りの使用人たちに手を上げて、門をくぐり、そのまま玄関に入る。

この屋敷は、一階部分は靴のまま入る、西洋仕様だ。

奥の書斎からクラシック音楽が流れてきていた。

この屋敷の者が、聴いているのだろう。

「ホームズ、見たか？」

書斎に飛び込むと、一人掛けソファーでくつろいでいた青年は、ええ、と頷く。

艶やかな黒髪に真っ白い肌の、眉目秀麗《びもくしゅうれい》な美青年だ。彼の手には、平凡社の『世界探偵小説全集』があった。

「ようやく僕も手に入れましたよ。江戸川乱歩《えどがわらんぽ》が担当した『シャーロック・ホームズの冒険』の初版です。素晴らしいですね」

「本のことじゃねぇよ」

「分かっていますよ。今日は久々の休日で心地よい天気です。この書斎でクラシックを聴きながら、ゆったり読書を愉しむつもりだったのですが……」

彼はそこまで言って、じろりと横目で秋人を睨《にら》む。

「いざ読み始めようという時に、邪魔が入りましたね」

「わ、悪い。でも、『冒険』はもう読んでるんだろ？」

「前に読んだのは、第二刷です」

「内容は同じだろうよ、ホームズ」

「僕を『ホームズ』と呼ぶのは、やめていただけませんか？」

「はーい、家頭清貴《やがしらきよたか》さん」

秋人は、棒読み口調で答えて、頭の後ろに手を組む。

彼の名前は、家頭清貴。

家に頭、そしてシャーロック・ホームズのように鋭い観察眼を持つことから『ホームズ』という愛称がついた。

彼はシャーロック・ホームズを愛読しており、自分のことを『ホームズ』と呼ぶのをやめるよう言いながらも、満更《まんざら》でもなさそうだ。

「大体、久々の休日ってなんだよ。お前はいつも、ゆったり過ごしてるじゃねぇか」

家頭清貴は大きな屋敷に住み、貴族然とした佇まいだが、元華族というわけではない。

だが、富豪ではある。

彼の家は、江戸時代から続く豪商なのだ。

「こう見えても、いろいろ仕事はあるんですよ。あなたのお兄様に呼び出されることもありますしね」

「この前も捜査に協力してくれたって話だよな。兄貴も喜んでいたよ。サンキュー」

秋人の兄、冬樹は警察官で、捜査に行き詰まると、頭脳明晰で優れた洞察力を持つ清貴に協力を要請することがある。

「それで、今日はなんでしょうか？　そんなに息を切らして、僕の許に駆け付けたということは、また何かゴシップ的な事件があったのですか？」

清貴は読書を諦めたようで、本をデスクの上に置く。

「そうなんだよ。事件なんだ。お前の耳には届いてないか？」

前のめりになる秋人に、清貴は、さあ、と肩をすくめる。

「この前、大阪港《おおさかこう》に水死体が上がったって、ニュースがあっただろ？」

そのニュースは、記憶に新しい。

発見時、死体は腐っていて身元が分からなかったのだが、身なりの良い服装をしていたという話だ。

「あれは、花屋敷《はなやしき》家の当主だったんだよ」

秋人は手にしていた新聞を見せる。

清貴は動きを止めた。

「花屋敷家というと、あの？」

「ああ、『華麗なる花屋敷家』だよ」

京都市北部、金閣寺《きんかくじ》近くに邸を構える大富豪『花屋敷家』。

大正時代に興した事業が大成功し、京都に移り住んできた成金一家でもある。

「あそこの当主、家出したって話だったろ？」

「そのようですね」

大富豪である花屋敷家の当主・義春《よしはる》は、数か月前に『同窓生とともに還暦を祝う会に出席する』と言ったまま、帰宅することなく、そのまま行方《ゆくえ》が分からなくなっていた。

妻の華子は当初、夫が誘拐されたと騒ぎ立てていたが、身代金を要求してくる者もなく、警察は事件性はないと踏んでいた。

というのも、義春は、『不遇の当主』として知られていたためだ。

華子は、花屋敷家の財産のすべてを受け継いだ一人娘で、縁あって義春と出会い、彼は入り婿となった。

二人は、子どもを三人授かり、今や皆、成人している。

長男は家督を継いで事業を大きくした実業家、長女はバイオリニスト、次女はオペラ歌手と、眩《まばゆ》いほどに華やかであり、『華麗なる花屋敷家』と呼ばれていた。

しかし、これは揶揄でもある。

世間は、光の裏にある影を見過ごさなかった。

華子は甘やかされて育ったせいか、横暴で傲慢《ごうまん》だった。

その気の強さが災いして、一度、結婚に失敗している。

前夫との間には、女児を儲けていた。その子もすでに成人しているが、幼い頃に大病を患い、目が見えず、耳が聞こえず、話すこともできなくなってしまっていた。

一方、義春は、東京帝国大学の化学者だった。頭脳明晰で、歌舞伎役者の女形のように容姿も端麗ではあったが、貧しかったため結婚もできず、僅かな金のすべてを研究につぎ込み、膨れ上がっていく借金に圧し潰されそうになっていたところに現われたのが、華子だった。

華子に『借金のすべてを肩代わりしてあげるから、あなたは好きなだけ研究を続けると良い』と結婚を迫られた。気の弱い義春は、断れるわけもなかったという。

彼らの結婚を、世間は『羨ましくない逆玉の輿』と嗤い、『いずれ、大人しく善良な婿養子は逃げ出すだろう』と噂していたのだ。

そうして時が経ち、義春と華子は老人になった。義春が逃げ出したのは残りの人生、有意義に過ごしたかったからだろう、と世間は陰口を叩いた。

まさか亡くなっているとは、思いもしなかった。

そのため大阪港で水死体が上がり、その服装から裕福な人間だと推測されても、それを花屋敷義春に結び付ける者は少なかっただろう。

「兄貴たち警察の間では、自殺か他殺かで大騒ぎだったって。自殺だとしたら、あの華麗なる家に嫌気がさしたってことだし、他殺だとしたら、家出した夫を許せなかった華子がヒットマンを雇って殺害を依頼したとか」

秋人は指で拳銃の形を作りながら、嬉々《きき》として清貴の方を向いた。

「ホームズはどう思う？」

「どうでも良いですね」

「って、なんだよ、兄貴に頼まれたら、協力するのによ」

秋人は面白くなさそうに、口を尖らせる。

「僕は商人ですからね。警察に恩を売っておいて損はないと思っているんですよ。基本的に人様の噂話にさほど興味はありません。そんなことに首を突っ込んでいる時間があるなら、読書を愉しみたいですね」

「あーそうかい。相変わらず、高尚ですこと。そんなこと言ってても、また兄貴から『協力してくれぇ』って電話が入るんじゃねぇの？」

「その時はもちろん、協力させていただきますよ」

「なんだよ」

ちぇっ、と秋人は舌打ちする。

花屋敷義春が所有していたタバコケースが埠頭《ふとう》で発見されたのは、それから数日が経った頃だ。ケースの中には、遺書が入っていた。

『もう人生に疲れた私は、広い海で死ぬことを選びました。花屋敷義春』

そんなわけで、花屋敷義春の死は、自死と決定づけられた。

華麗なる一族と謳《うた》われる大富豪の当主の自殺は世間の注目を集め、連日、噂でもちきりだった。

話題性はあれど、事件性はないと思われていた今回の出来事だったが、ここから恐ろしい事件が幕を開けることになるなど、この時は誰も気付いていなかった。

第一章　第一の事件

1

「俺は、実は役者になりたいんだよ。勉強は苦手だけど、役者の才能はあると思うんだ」

それから、約二か月。

花屋敷家の噂が、少し落ち着いた頃だ。

その日も清貴の書斎を訪れていた秋人は、自分の才能について力説していた。

「で、何が言いたいのですか？」

机で仕事をしている清貴は、秋人に一瞥《いちべつ》もくれずに書類に目を向けたまま訊ねる。

「親父も兄貴も大反対なんだ。『どうせ、勉強が嫌で言ってるんだろう』って」

「そうでしょうね。僕もそう思います」

「いやいや、そう言わずに、お前からも親父と兄貴を説得してくれよ」

「芸事の世界は、あなたが想像するよりも厳しいものです。本気でなりたいなら親の反対を押し切って家を飛び出して、尊敬する役者の許に弟子入りすることですね。それができないのでしたら、その程度のものだということですよ」

さらりと言う清貴に、秋人は、ぐぐっ、と言葉を詰まらせる。

その時、ジリリン、と部屋に電話の音が響いた。

清貴は、デスクの上のハンドセット型の電話機の受話器を取った。

「はい、家頭です」

交換手が相手とつないだ瞬間、清貴は、おや、という様子を見せた。

「――これは、冬樹さん、いつもお世話になっております。……ええ、分かりました。今から伺います。そうそう、ちょうど、秋人さんもここに。……えっ？　連れてこなくても良い？　分かりました。では、後ほど」

清貴が受話器を置くなり、秋人は前のめりになる。

「今の兄貴から？」

「ええ、そうです。ちょっと呼ばれたので、これから行ってきます」

「俺も行く！」

「いえ、『秋人は連れてこなくて良い』と」

清貴は立ち上がり、薄手の黒いインバネス・コートを羽織る。

「いや、絶対、俺も行くからな」

秋人はしっかりと、清貴のコートをつかんだ。

絶対に離さないという目で見詰める彼に、清貴は、やれやれ、と肩をすくめる。

「勝手についてこられる分には、僕は知りません」

よっしゃ、と秋人は拳を握った。

清貴は颯爽と歩き、書斎を出る。

秋人はその後を追いながら、あらためて清貴の姿を見て、ぷっ、と笑った。

「それにしても、なんだよ、その格好。コートの色が黒いだけで、形はまんま『シャーロック・ホームズ』じゃん」

「一応、捜査に協力するわけですから、一目で探偵っぽい格好をしていた方が周囲に対しても話が早いんですよ」

「とか言って、完全に趣味だろ。お前がシャーロックなら、隣にいる俺は小林《こばやし》少年か?」

「『小林少年』は明智小五郎《あけちこごろう》の助手ですよ」

「分かってるよ。シャーロック・ホームズの助手はワトソンだろ? でも俺はほら、美少年だから、どちらかというと医者のワトソンより、小林少年かなって」

「僕には、医者だろうと美少年だろうと助手は必要ないので、隣にいなくても良いですよ？」

「ほんと、お前、そういうところが『いけず』って言われるんだぞ！」

秋人は声を上げながら小走りで清貴の後を追い、断りも入れずに屋敷の前で待機していた自動車に乗り込んだ。

一緒に行きたいと、秋人が駄々をこねた理由の一つはこれだった。

もちろん事件にも興味はある。

だが、それ以上に家頭家が所有する自動車、『トヨダAA型乗用車』に乗りたかったのだ。

運転はもちろん、専属の運転手が行う。

秋人は、清貴とともに後部座席に座り、嬉々として町を眺めていた。

「なあなあ、頼む、四条通を走ってくれよ」

「……そんな遠回りをさせなくても」

「いいだろ、ドライブだ」

秋人のリクエストにより、車はわざわざ東大路通《ひがしおおじどおり》を南下し、八坂神社《やさかじんじゃ》前まできて四条通を西へと走行した。

鴨川には石造りの大きな橋が架かっていて、橋を渡る手前の北側に『菊水《きくすい》』、南側に南座、橋を渡りきったところに、『矢尾政《やおまさ》』が建っている。

もう少し西へ進むと、大丸京都店も見えてくる。

「大丸だ、大丸！　またあそこの食堂に行ってみたいなぁ」

大丸京都店は、高級百貨店の代名詞である。庶民が気軽に入れもするが、やはり憧れの場所だ。

内装外装ともに凝った洋風建築で豪華なシャンデリアが吊り下がる食堂は、裕福な庶民がつかの間の高級感を満喫できる憩《いこ》いの場でもあった。

「たしか、冬樹さんが警官になられたお祝いに、大丸で食事をしたとか」

「そうなんだよ。俺はオムライス、弟はコロッケ、兄貴はライスカレーを食べたんだぜ」

「どれも間違いのないメニューですね」

車は堀川通まで来て、北上した。

自家用車など誰もが所有できるものではなく、道路に車の数は少ない。

そのため、行き交う車は、高級車ばかりだ。

清貴と秋人が乗っている車が走る横で、路面電車——市電も並走していた。

市電の乗客たちは窓に張り付くようにして、こちらを見ている。

「おお、ホームズ、みんなこっちを見てるぞ。高級車すげぇ」

この車、トヨダAA型乗用車は去年——昭和十一年に発売されたばかり。家頭家はいち早く入手していた。

見惚れるような艶やかな黒いボディは、クラシックで堅実なデザイン。

前車軸上に置かれた直列六気筒エンジンで、トルクチューブとプロペラシャフトを介して後輪を駆動する。

「お前ん家が、この話題の車を買ったって聞いた時は、たまげたよ。さっすが家頭家だよなぁ」

「祖父がこういうものに目がないんですよ」

「『華麗なる花屋敷家』ならぬ、『華麗なる家頭家』だな」

そう言った秋人に、清貴は、ふっ、と頬を緩ませる。

「なんだよ、その笑いは」

「いえ、あなたは、花屋敷邸を見たことがありますか?」

「遠目にチラッとな。ちゃんとは見てないよ。お前ん家よりも立派なの?」

「うちと比べるのが申し訳ないほどに立派ですよ」

「またまた、そんな。どっこいどっこいだろ。そういうのを『ドングリの背比べ』って言うんだろ?」

「その譬えは、少し違いますけど……」

「あー、そんじゃ、『目くそ鼻くそを笑う』か？」

「……無理に慣用句を使わなくていいですよ」

「え、なんで？」

きょとんとする秋人に、冷ややかな視線を向けている清貴。

運転手は、そんな二人の様子をミラー越しに確認し、肩を小刻みに震わせていた。

――そんな話をしている間に、車は花屋敷家の門前に着いていた。

門は開放されていて、家頭家の運転手は、花屋敷家の使用人の誘導に従い、車を駐車場に停めてから、丁寧にドアを開ける。

秋人は車を降りて邸を仰ぎ、あんぐりと口を開ける。

まるで西洋の城を思わせる、レンガと石造りの大きな洋館だった。

『花屋敷』という名を意識しているのか、庭園はまるで植物園のように色とりどりの花が咲き誇っている。

「す、すげぇ。にしても、どっかで見たことがあるような洋館だなぁ」

「この屋敷は、円山公園《まるやまこうえん》にある『長楽館《ちょうらくかん》』に負けない洋館にしたかったようで、少し似ていますよね」

「『長楽館』っていうと、煙草王《たばこおう》の？」

「ええ、村井吉兵衛《むらいきちべえ》です。元々、貧しい家の出身で、やがて財閥と呼ばれるほどにまでなりました。故・花屋敷一郎もそうですね。きっと、花屋敷氏は村井氏をライバル視していたのかもしれません」

「花屋敷一郎……あの悪名高き、成金なぁ」

秋人は、ははっ、と笑って腰に手を当てた。

大正時代、大戦景気――第一次世界大戦の影響により日本は好景気となり、多くの成金が生まれた。

花屋敷華子の父親、花屋敷一郎もその一人である。

空前の好景気も大正九年の戦後恐慌により、破産者が続出。

だが、花屋敷一郎だけは違っていた。

花屋敷一郎は、いわゆる武器商人。

裏では公《おおやけ》にできない物を売買しているという噂も流れている。

人の涙と血によって蓄えられた富で作られた屋敷が、この上なく美しい。どうにも皮肉さを感じずにはいられなかった。

清貴と秋人が屋敷に向かって歩いていると、警察のものと思われる車が停まっているのが見えた。

「清貴君！」

屋敷の中で、清貴の姿を見付けたのだろう。

秋人の兄で京都府警の警官・梶原冬樹が、玄関から駆け足でやってきた。

冬樹は、東京帝国大学卒業後、警察官になったエリートで、近々刑事になるだろうと囁《ささや》かれている。冬樹の外見は、秋人とはまったく違っていて、精悍《せいかん》で男らしく、堅実な印象だった。

「冬樹さん、お久しぶりですね」

会釈をする清貴の横で、「おーす、兄貴」と秋人が手を上げる。

冬樹は露骨に顔をしかめて、秋人を見やった。

「……やっぱり、お前もついてきたんだな」

「ホームズに助手が必要だと思ってよ」

悪びれもしない秋人に、冬樹は諦めたように息を吐きだす。

「ところで、僕が呼ばれた訳というのは……？」

清貴は、押し問答している時間がもったいないと思ったのか、すぐに本題に入った。

冬樹は、そうそう、と我に返る。

「清貴君、君は、花屋敷家の長女——薔子《しょうこ》さんと知り合いのようだね。親しかったんだ?」

「知り合いですが、親しいというほどでは……。一年くらい前に、この家で開かれたパーティに祖父と一緒に参加して、挨拶をさせてもらった程度ですよ」

そうなのか、と冬樹は腰に手を当てる。

「どうかしたのかよ、兄貴」

「この屋敷でトラブルが起こったんだが、薔子さんは君が『ホームズ』と異名をとる切れ者だと知っていてね。警察は当てにならないと思ったのか、ぜひ君を呼んでほしいと」

清貴は、彼女にそんなふうに信頼される覚えはないのですが……、と小首を傾げるも、

「一市民として警察のお役に立てるんでしたら、喜んで協力させていただきますよ」

すぐに胸に手を当てて、この上なく善良な笑みを見せる。

そんな清貴の笑顔に、冬樹は感動している様子だった。一方の秋人は、寒気を覚えて自分の体を抱き締めた。

「それじゃあ、とりあえず、応接室に来てほしい。そうだ、秋人、お前は花屋敷家の人たちに『出て行け』と言われた場合は、即座に従うようにな」

強い口調で言う冬樹に、秋人は「へー」と気のない返事をした。

2

冬樹の案内で、清貴と秋人は、花屋敷邸の中へと入った。

通された応接室は、カーテンと絨毯は臙脂色で、ソファーは栗皮色の革張り。天井にはクリスタルのシャンデリアがきらめき、壁には絵画と鹿の頭の剥製《はくせい》――ハンティング・トロフィー――が飾られている。

応接室には誰もいない。

ひゅう、と秋人は無遠慮に口笛を吹いて、清貴に視線を送った。

「豪華な応接室だけど、ホームズん家も似たようなものだな」

「応接室は、どこもそんなに変わらないでしょう。ところで、花屋敷家の方々は――?」

花屋敷邸の玄関を入り、ここに来るまで、ひと気がなかったのだ。

清貴は、不思議そうに周囲を見回して、窓の外に目を向ける。

「今、警察と話してる。まだ時間はかかるだろうし、花屋敷家の人間が来るまで、事件の概要を伝えたいと思う」

冬樹はそう言って、清貴と秋人にソファーに座るよう、手で促《うなが》した。

二人は会釈をしながら、腰を下ろす。

「まず、花屋敷家の複雑な家族構成から伝えなくてはならない」

冬樹もソファーに腰を下ろして、そう切り出した。

「複雑な家族構成って、あれだろ。たしか、大家族なんだよな？」

ああ、と冬樹は頷く。

「まず、最初に言っておく。ここに住んでいる花屋敷一族は、九人だ」

そんなもんなんだ、と秋人は拍子抜けしたように言う。

九人家族は、驚くほど多いわけでもない。

「ざっと伝えると、当主の義春《よしはる》、その妻・華子《はなこ》。夫婦の間には子どもが三人。長女、次女、そして末っ子の長男。三人ともいい大人だ。また華子夫人には離婚歴がある。前夫の名前は佐伯正孝《さえきまさたか》。彼との間にできた長女も同居している」

「つまり、三人姉弟にプラスで異父姉がいる、結局は四人姉弟ってことだ」

確認する秋人の横で、冬樹が、ああ、と答える。

「そして姉弟の中で、末の長男だけが結婚していて、妻と二人の息子も同居している」

「当主夫婦二人、四人の姉弟、長男の嫁に息子二人、これで九人だな」

秋人は指折り数えて、分かった、と頷いた。

清貴は、そっと口の前に人差し指を立てる。

「まぁ、当主の義春は亡くなったので、今は八人家族ということですね」

「あ、そっか。婿養子当主は、海で遺体となって発見されたんだもんな」

秋人は、今思い出したように言う。

そう、花屋敷家の名ばかりの当主・義春は二か月前、大阪港で遺体となって発見されたのだ。彼の所持品であるタバコケースから、遺書が発見されており、自殺で間違いないだろうというのが、現時点の警察の見解だ。

「ところで、冬樹さん。亡くなった当主は、どのような足取りで海へ？」

そう問うた清貴に、ええと、と洩らして、冬樹はポケットから手帳を出した。

「義春氏の足取りだが……彼は行方不明になる直前、同窓生とともに『還暦を祝う会』、つまりは同窓会だな、それに出席している。

だが、その後、家には帰らず、神戸《こうべ》まで行って旅館に一泊した。その旅館で、便箋一枚とペンを求めたそうで、おそらくそこで遺書を書いたのだろう。彼はそのまま花屋敷家が所有する商船に乗った。しかし名前を偽り、当主であることを隠し、花屋敷義春の知り合いと伝え、金を払って乗っている。船員は彼の言葉を信じ、まさか、当人――花屋敷家の当主だとは、思いもしなかったそうだ」

彼の影の薄さが窺えますね、と清貴はつぶやく。

「船は、神戸から大阪へと向かっていて、義春氏はその途中、海に身を投じた。船員はいつの間にかいなくなっていた花屋敷義春の知り合いを、気にも留めなかったとか」

「そうして、大阪港で発見されたわけですね」

「そうだな。享年六十歳。結婚後は、自室の研究室に籠《こも》って、存在感を失っていたが、元々は優秀な化学者で、随分と外見も良かったらしい。だからこそ華子夫人に見初《みそ》められたという話だが……」

ふむ、と清貴は頷く。

秋人は、まーなー、と声を上げる。

「花屋敷家の主役は、常に妻の華子って感じだもんな。今でこそ六十代の派手なばーさんだけど、若い頃は相当、美人だったたって話だし」

ああ、と冬樹は答えた。

「花屋敷華子の母は祇園で評判の美しい芸妓だったそうだ。一代で財を築いた花屋敷一郎が見初めて、金にものを言わせて結婚をしている。だが、その母は体が弱く、華子が八つの時に病気で他界している。一郎は大層嘆いて、残された一人娘の華子を溺愛《できあい》し、甘やかしたそうだ。華子は、見事に母親の美貌《びぼう》を受け継いで、美しく育った。若い頃の彼女は『社交界の華』と謳われ、まさに手に入らない物はない無敵状態だったとか」

冬樹の言葉に、秋人は、うんうん、と首を縦に振る。

「その頃の栄光をまだ引きずってるのか、今もめちゃくちゃ派手な格好してるよな。胸元がぱっくり開いた派手なドレスで」

「秋人、声を抑えろ。ここは、花屋敷邸だぞ」

ぴしゃりと言った冬樹に、秋人は慌てて口に手を当てる。

すると清貴は、ふふっ、と笑う。

「まぁ、僕は年齢や外見はさておき、本人が好きなファッションに身を包むのが一番だと思いますがね」

「おっ、それは、定番の『京男の嫌味』なのか？」

「定番ってなんですか、失礼な。違いますよ、本心です。僕自身もそうしていますし」

と、清貴は肩をすくめる。

冬樹が、話を戻すな、と手をかざす。

「花屋敷の子どもたちの話をしよう」

「長女、次女、末に長男で、その上に異父姉でしたね」

四本指を出す清貴に、そうだ、と冬樹は頷いた。

「さっきも言った通り姉弟の中で結婚しているのは、後継ぎである末の長男だけだ。長男の名前は、菊男《きくお》、三十歳だ。彼の妻の名は、正子《まさこ》。夫婦の間は息子が二人いて、十一歳の菊正《きくまさ》と、四歳の菊次郎《きくじろう》がいる」

冬樹は一拍おいて、話を続ける。

「姉たちは、みんな、花にまつわる名前だ。

長女は、薔子。三十二歳。独身でバイオリニストだ。

次女は、蘭子《らんこ》。三十一歳。こちらも独身で、オペラ歌手だ。

そして、彼らの上に異父姉の百合子《ゆりこ》。彼女は三十六歳で、目が見えず、耳も聞こえず、そして話すこともできない、不幸な女性だ」

その言葉を受けて、清貴は、そっと眉を顰める。

「目と耳が不自由なのですから、不便は多いかもしれませんが、それを『不幸』と決めつけるのはどうなんでしょう?」

そう突っ込まれて、冬樹は一瞬、何を言っているのか分からない、という顔をしたが、そんなことを議論している時間がもったいないと思ったのか、それは失礼、と会釈をして話を続けた。

「――と、まあ、これが花屋敷家の九人……いや、八人家族だ。もちろん、ここには住み込みのメイドもいるし、主治医もよく出入りしている」

「ちょっと待ってくれよ。分かっていたつもりでも、人数が多くて混乱してきた」

と、秋人は胸元から冊子と筆を取り出して、さらさらと花屋敷一族の名を書いていく。

■花屋敷家の人々
当主　義春《よしはる》　一応の当主。影の薄い婿養子で化学者。自殺。
妻　華子《はなこ》　義春の妻。今も昔もこの家の権力者。離婚歴あり。
長女　薔子《しょうこ》　バイオリニスト。
次女　蘭子《らんこ》　オペラ歌手。
長男　菊男《きくお》　後を継いだ実業家。
異父姉　百合子《ゆりこ》　華子と前夫（佐伯正孝《さえきまさたか》）との間の子。目と耳が不自由。話せない。
●長男・菊男の家族
妻　正子《まさこ》
長男　菊正《きくまさ》（十一歳）
次男　菊次郎《きくじろう》（四歳）

「よし、これでなんとか。あっ、義春はもういないんだよな」

秋人はそう言って、義春のところにバツ印をつける。

「花屋敷家の家族構成が頭に入ったところで、先週、起こった事件の話をしよう」

そう切り出した冬樹に、清貴は確認するように視線を合わせる。

「先週ですか？」

そうだ、と冬樹は頷く。

「事の起こりは、一週間前の金曜日の午後。発端は百合子さんだ」

「百合子さん……目と耳が不自由な異父姉さんだな」

と、秋人は自ら書いた家族名簿を確認する。

「ああ、彼女は毎日、午後三時にミルクティーと焼き菓子を口にするそうだ。それは、彼女にとって一日も欠かすことがない習慣だったとか」

「午後のティータイムですね」

清貴は、にこりと微笑む。

「そうだな。そのミルクティーは、いつもメイドが淹れて、食堂のダイニングテーブルの端の席に置いておく。百合子さんは目と耳が不自由だが、この屋敷内であれば自由に動き回れるそうで、自分一人でキッチンに行き、そこでミルクティーと焼き菓子を口にして、一息ついてから、再び部屋に戻るという話だ」

どことなくその光景が、清貴と秋人の脳裏に浮かんだ。

杖を手にゆっくりと屋敷の中を歩き、ダイニングテーブルまで来て、美味しいミルクティーと焼き菓子を口に運ぶ。

それは、百合子にとって、至福の時に違いない。

「だが、その日に限っては違っていた。百合子さんが食堂に現われた時、どこからともなく菊男の長男、十一歳の菊正がやって来て、『俺がもーらい』と、そのミルクティーのカップを口に運んだそうだ。ここまでは、やんちゃ坊主のいたずらだな。秋人の小さい時のようなものだ」

そう言う冬樹に、清貴は、ふむ、と相槌をうち、秋人はばつが悪そうに頭を掻く。

「だが、次の瞬間、菊正は白目を剥いて倒れた。口からは泡を吹き出して」

その言葉に、清貴と秋人は顔色を変えた。

「菊正は大変なやんちゃ者で、信じられないことに、ポケットの中にドブネズミを入れていたんだよ。倒れた瞬間、ポケットにいたドブネズミが飛び出して、そのまま零れたミルクティーを飲んだそうだ。次の瞬間には、ころりと死んでしまったとか」

「……毒が入っていたんですね」

「ああ、後で調べたところ、ストリキニーネと分かった」

「猛毒ではないですか！　で、菊正君は？」

「屋敷内に主治医がいて、すぐに吐かせて処置したとか。口にしたのもほんの少量で大事に至らなかったんだ」

清貴と秋人は、ホッと胸を撫《な》でおろす。

「その後、自分たち警官がこの屋敷に駆け付けたんだが、もう大騒ぎだったよ……」

その時のことを思い出したのか、冬樹はうんざりした様子を見せる。

「詳しく聞かせてください」

少し前のめりになった清貴に、冬樹は「もちろん」と頷く。

＊

――一週間前。

冬樹たち警察官が花屋敷家の食堂を訪れると、老婦人・華子はさめざめとしながら、椅子に座ったままの娘・百合子を抱き締めていた。

『ああ、百合子。なんて可哀相《かわいそう》に』

床にはミルクティーが零れ、割れたカップの破片が散らばり、大きなドブネズミがあおむけに倒れているという、なんとも奇妙な光景だ。

母に抱き締められている百合子は、ぼんやりとうつろな目を見せている。三十六歳という話だが、とてもそうは見えない若々しさの美しい女性だ。

あまり外に出ていないためか、肌の色がとても白く、髪もとても長い。その長い髪は、後ろに一つに綺麗に編み込まれていた。

食堂には、途方に暮れたように立ち尽くしているメイドと、イライラした様子の長男・菊男の姿があった。

『母さんは、百合子、百合子って。菊正の心配もしてくれてもいいんじゃないか？』

菊男は堪えきれないように、舌打ちした。

それは、とても小さな囁きだったが、老婦人の耳にしっかり届いたようだ。

華子は百合子の杖をむんずと持って立ち上がり、菊男に向かって容赦なく振り下ろした。

『菊男、あんたは！　百合子が可哀相だと思わないのかい？　信じられない子だね！』

そう言って華子は、菊男の肩や背中を杖で叩きつける。

『痛いっ』

老人の力だ。大の男の体がどうこうなるほどではないだろうが、かなりの痛みは伴うだろう。

『痛い、母さん、悪かったよ』

『何が悪かったってんだ。反省なんてしてないだろうさ』

折檻を続ける華子に、警察官たちは呆然とし、

『は、花屋敷夫人、おやめください』

冬樹は慌てて止めに入った。

『おばあちゃん……』

その時、十一歳の少年が、食堂に姿を現わした。

この少年が、うっかり毒を口にしてしまった菊正だった。早めの処置が功を奏したようで、よろよろとだがもう歩けている。とはいえ、顔色はとても悪かった。

菊正の背後に、母親の正子の姿も見えた。彼女は、菊正以上に青褪《あおざ》めた顔をしている。

『菊正っ』

華子は食堂に入ってきた菊正の姿を見るなり、手にしていた杖を投げ出して、孫の許に駆け寄った。『無事で良かった』と泣きながら孫を抱擁するに違いない。誰もがそう思っただろうが、そうではなかった。

華子は大きく手を振り上げたかと思うと、そのままの勢いで菊正の頬を平手打ちしたの

だ。ぱんっ、と大きな音が響く。

『この、くそがき、菊正っ！　伯母様のお菓子やお茶を勝手に口にしたら駄目だと何回言ったら分かるんだい!?　あんたは、どこまでいやしくて、頭が悪い子なんだ！』

菊正は頬に手を当てて、うわーっ！　と甲高い声で泣き声を上げげた。

正子がすかさず息子の体を抱き寄せる。

『お義母様、やめてください。菊正はさっきまで寝込んでいて、今ようやく……』

『なんだい、自業自得じゃないか。そもそも、あんたが、息子を甘やかしすぎているんだよ！』

華子が怒鳴りつけていると、

『あら、そうは言うけど、お母様』

と、食堂に真っ赤なワンピースを纏った若い女性が姿を現した。

『菊正のおかげで、お母様のだーい好きな百合子姉さんの命が助かったんだもの、良かったじゃない』

『……蘭子』

次女の蘭子だった。彼女は、赤いワンピースに負けない、目鼻立ちのはっきりした華やかな顔立ちをしている。

華子は、ふん、と鼻を鳴らして、再び百合子の許に歩み寄り、ぎゅっと抱き締めた。

『――そうさ。問題はこの可愛い百合子に誰かが毒を盛ったってことだよ。この家の誰かが、百合子を殺そうとしたんだ。私は知ってるんだよ。この家にいる誰も彼も、百合子を疎《うと》ましく思っているんだ』

そう言って恨みがましく、家族を睨みつけた。

目も耳も不自由な百合子は、母の腕の中でただぼんやりしているだけだ。

菊男は母の言葉に心当たりがあるのか、ぐっ、と言葉を詰まらせ、一方の蘭子は指先で髪を後ろに跳ねさせながら、鼻で嗤った。

『そりゃそうよ。百合子姉さんは、みんなのお荷物じゃない。そのくせ、お母様は百合子姉さんにべったり。私、知ってるんだから。お母様は、自分の財産のほとんどを百合子姉さんに相続させるつもりでしょう?』

その言葉に菊男は、なっ、と目を剥いた。

『本当ですか、母さん。百合子姉さんは金の価値も使い方も分かってないのに！　何より、この家の後継ぎは俺ですよ?』

『だからだよ！　百合子に相続させないと、私が死んだ後、百合子はどうなってしまうんだい？　この子にお金を残してあげないと！』

『お母様がそんな調子だから、百合子姉さんに毒を盛りたくもなるのよ！』

『それじゃあ、あんたの仕業《しわざ》だっていうのかい？』

『盛りたくもなるって言っただけで、毒なんて盛ってないわ。実際、私よりも菊男の方が切実じゃないかしら？　後継ぎですもんねぇ』

蘭子はそう言って腕を組み、弟に視線を送る。

『俺は毒なんて盛らないし、もし毒を盛ったとしたら、絶対に息子を食堂に近付けたりはしない！』

『それじゃあ、誰だと言うんだい！』

華子の金切り声が、食堂に響いた。

＊

「――そういう状況だったんだ」

冬樹はそこまで話して、はぁ、と息を吐き出す。

「それは大変でしたね。で、誰が毒を？」

そう問うた清貴に、冬樹は苦い表情で首を振る。

「屋敷にいた者、全員のアリバイを聞いたのだが、全員、アリバイがないんだよ」

秋人は、あちゃー、と顔をしかめる。

「全員にアリバイがあるのもアレだけど、ないっていうのもまたアレなんだな」

「ミルクティーを淹れた時の詳しい状況を教えていただけますか？」

すっかり興味津々の清貴を見て、冬樹は嬉しそうに頷く。

「メイドの女性が、いつものように淹れたという話だ。百合子さんは毎日の習慣で、午後三時過ぎに食堂を訪れる。そのため、メイドは午後二時五十分に準備を始めるらしい。お湯を沸かして、カップを出し、皿に焼き菓子——その日はビスケットだったが——を用意した。そして、その日も午後三時の時計の音が鳴る少し前には、食堂のテーブルに置いたそうだ」

「その日、百合子さんは、何分頃に食堂に来られたのでしょうか？」

冬樹は、たしか……、とポケットから手帳を取り出して、確認する。

「『午後三時五分を少し過ぎたくらい』とメイドは答えている」

「その間、食堂を訪れた者は？」

清貴がそう問うと、冬樹は苦々しい表情で首を振った。

「分からないそうだ。百合子さんがスムーズに入って来られるよう、食堂の扉は開けっ放しにしておいたのと、メイドは台所で洗い物をしていたから、食堂に誰が訪れたのかは、まったく分からないと。ああ、台所は食堂の奥にあるんだ。台所というより、レストランの厨房のようだったよ」

「その時、台所には、そのメイドが一人だけ？」

「いや、メイドの隣でコックが夕食の下ごしらえをしていて、二人は雑談をしていたそうだ」

ふむ、と清貴は顎《あご》に手を当てる。

「では、どうして、そのメイドは百合子さんが、午後三時五分を過ぎた頃に食堂に訪れたのを知ったのでしょうか？」

それがだ、と冬樹は手帳を持つ手に力を込める。

「やんちゃな菊正お坊ちゃまが、大きな足音を立てて声を上げながら食堂にやって来た。メイドとコックはその声を聞いて、水場を離れて食堂を覗いたらしい。その時、百合子さんは食堂の入口にいて、菊正坊は、既にティーカップを持っていたとか」

秋人が、なるほどねぇ、と頭の後ろで手を組む。

「――で、やんちゃな坊ちゃまは、間違って毒入りミルクティーを飲んでしまったというわけだ。そして、意図せず命を狙われていた百合子さんは助かった。やんちゃも役に立つじゃん」

「危うく、代わりに死ぬところだったけどな」

ぴしゃりと言った冬樹に、秋人は肩をすくめる。

「で、家族の言い分は？」

「長女の薔子さんは、自室でバイオリンを弾いていたそうだ。この音は他の家族やメイドも聴いている。

次女の蘭子さんは前日にリサイタルがあり、その後のパーティで深酒をしたため、二日酔いで寝込んでいたらしい。

長男の菊男さんは、外のテラスで煙草を吸っていた。だが、この姿を誰も見ていない。

菊男の妻の正子さんは、二階で息子たちの勉強を見ていたそうだ。長男の菊正はとにかく集中力が散漫で、勉強ができないのが悩みらしい。だが、菊正は部屋から逃げ出したので、菊次郎にひらがなの練習をさせていたとか。これも誰も証明はできない」

「華子夫人は？」

「部屋で昼寝をしていて、午後三時の柱時計の音で目を覚ましたので、百合子さんと一緒にお茶を飲もうと食堂に向かっていたという話だ」

なるほど、と清貴は腕を組み、その横で、「いやいや」と秋人が身を乗り出した。

「兄貴は『全員、アリバイがない』って言ってたけど、長女の薔子さんにはアリバイがあるよな？　部屋でバイオリンを弾いていて、その音を聴いている人がいるんだからよ」

そうは言いましても、と清貴が応接室にある蓄音機に目を向けた。

「音だけでしたら、レコードという手がありますのでね」

「あ、そっか」

「ちなみに、使用されたストリキニーネは、どこで手に入れたものなんでしょう？」

清貴の問いに、冬樹は顔を曇《くも》らせる。

「この家にあったものではないかと思われる」

曖昧《あいまい》な言い回しに、清貴と秋人は思わず顔を見合わせた。

「確定ではないんですか？」

「ああ。二か月前に海に身投げをして亡くなった当主・義春は、元々化学者だったろう？　彼は結婚後もこの家に研究室を作り、そこに籠って、さまざまな実験を行っていて、棚には、毒物が入った瓶もあったんだ」

なら決まりじゃん、と秋人は小首を傾げる。

「どうして確定じゃないんだ？」

「義春氏が行方不明になった時、華子夫人は研究室にしっかりと鍵をかけて、『誰も入らないように』と家族に命令をしたそうなんだ。鍵は今も老婦人が持ったまま、開かずの間になっている。入口はたった一つで鍵も一つしかなく、窓には鉄格子がついている。自分も鍵がない状態で侵入を試みたんだが、どうやっても無理だった」

本当にいろいろと試したのだろう、冬樹は脱力したように言う。

まあ、と清貴は腕を組んだ。

「その部屋を見ていないので、よく分かりませんが、本当に侵入不可能だと考えると、義春さんが失踪する前、研究室に自由に出入りできていた頃に薬をくすねて確保していた。または蝋で鍵型を取り合鍵を作った。はたまた毒薬は別のところから入手した——といったところでしょうか」

腕を組んで話す清貴に、秋人は、ちっちっと人差し指を振る。

「ホームズ、ひとつ大きなことを見逃しているぜ？　犯人はその鍵を持っている華子夫人だったんだよ。不自由な娘を溺愛する振りをして、実は憎んでいたんだ」

「それも、可能性はゼロではありませんね」

清貴は口にしていないだけで、その可能性も考えていたらしく、さらりと言う。

だが、冬樹が深刻な表情で首を振った。

「それはないんだ」

「どうしてだよ？」

「第二の事件が起こった。今日、華子夫人が襲われたんだ」

――えっ、と清貴と秋人は目を見開く。

「先週の毒物について、今も真相を突き止められていない中、起こった事件だ」

「それで、長女の薔子さんは警察に不信感を抱き……」

「ホームズを指名したってわけだな」

二人は納得し、冬樹はふがいなさそうに頭を掻く。

「花屋敷家の人間は、まだ来そうにないな。とりあえず、事件現場まで来てほしい」

そう言って腰を上げた冬樹に、清貴と秋人は頷いて立ち上がる。

応接室の扉を開けると、広いホールがあった。

「……………」

冬樹の後ろを歩いていた清貴は足を止めて、壁を見やる。

「ホームズ、どうかしたか？」

振り返って問う秋人に、清貴は「いえ」と壁から視線を離して、歩き出した。

第二章　不可解な事件

1

「まぁ、なんだな。花屋敷家は……趣味はいいよな」

長い廊下を歩きながら、秋人が独り言のように囁く。

半歩前を歩く冬樹が、家の誰かに聞かれたらどうするんだ、と秋人を横目で睨んだ。

秋人の口から『趣味はいい』と自然に出るほどに、花屋敷邸は美しかった。

「ええ、この屋敷は、英国様式をとても意識しているようですね」

「ふーん、英国様式ねぇ。イギリスのマークとかついてないけどな」

秋人はよく分かっていない様子でつぶやく。

「英国様式建築は、元々、聖堂教会のデザインから始まったようです。いわゆる十二世紀頃から始まった『ゴシック様式』ですね」

「教会か、たしかにそれっぽい。それじゃあ、この屋敷は『ゴシック様式』なんだな？」

「いえ、十五世紀末から誕生した『チューダー様式』のようですね」

そう話す清貴に、ちゅーだー？　と秋人はタコのような口で首を傾げる。

「当時の王、ヘンリー・チューダーの名前から付けられたんですよ。薔薇のローレリーフなどもチューダー様式の特徴ですね。この薔薇も、かの薔薇戦争後、ヘンリー七世がランカスター家とヨーク家の紅白の薔薇の徽章《きしょう》を統合させたもので……」

「え、『薔薇戦争』って、なんだそれ？」

露骨に驚く秋人に、冬樹は額に手を当てる。

「お前は一応、学生だろう。一体、何を学んでいるんだ」

「薔薇戦争以外のことかな」

秋人はしれっと答え、冬樹は「馬鹿者」と息をついた。

「薔薇戦争とは、十五世紀に起こったランカスター家とヨーク家という大貴族同士の内乱ですよ。ランカスター家の徽章が赤い薔薇で、ヨーク家の徽章が白い薔薇だったので、薔薇戦争と呼ばれていたわけです。いろいろあったのですが、結果的にそれを収めたのが、ランカスター家側のヘンリー・チューダーでした。彼はその後、二つの家の紅白の薔薇を一つにした紋様をチューダー家の家紋としたんです。それを『チューダー・ローズ』と呼ぶんです」

秋人は、へえええ、と目を輝かせる。

「な、なぁ、その『いろいろあった』って何があったんだ?」

「それは、たくさんのドラマがありましたよ。今度、本をお貸ししましょう」

うんうん、と頷く秋人の様子を見ながら、冬樹はぽかんと口を開けていた。

「冬樹さん、どうかしましたか?」

「……いや。君は家庭教師の才能もありそうだ」

いえいえ、そんな、と清貴は微笑む。

「この家を建てた花屋敷一郎は、チューダー様式が好きだったのかね」

秋人は歩きながら建物を見回し、しみじみと言う。

そうでしょうね、と清貴は口角を上げた。

「この屋敷を見ていると、美しいものと貴族への憧れと執着を感じますね」

「……執着か。成り上がるのに、手段を選ばなかったって話だもんな」

ぽつりと零した秋人に、冬樹はぎょっとして口の前に人差し指を立てる。

「そんなの今さらの話じゃん」

秋人の言葉通り、花屋敷一郎の悪《あ》しき評判は、誰もが知るところだ。

一郎は、立場の弱い者を奴隷《どれい》のように扱い、財を成していった。

彼に騙《だま》され、裏切られ、骨の髄までしゃぶりつくされたと訴える者は少なくない。

特に目を覆いたくなるのは、一郎の暴力的な面だ。

天性のサディストと言えるのかもしれない。

貧しい者を金で買い、殴《なぐ》る蹴《け》るの暴行を加えていた。それだけでは飽き足らず、『金を払えば、こいつを好きなだけ殴っても良い』という商売をやっていたという噂もあった。

一人娘である華子にも、そうした暴力性は受け継がれていた。

それは、華子がまだ若かりし日。

ある男が、パーティの席で華子を見て『派手な女』と小馬鹿にしたように囁いた。それを聞いた華子は激怒し、使用人に馬用の鞭を持ってくるように言い、男を叩きつけて、土下座させたという話がある。

そうした素養は、一郎の孫にあたる菊男にも影響が及んでいるようで、彼は何度も暴力事件を起こし、その度に金で解決していた。

救いは、華子の娘たちに暴力的な気質がなかったことだ。

しかし、暴力的ではないが、次女の蘭子の評判は良くなかった。

彼女はアルコールが入ると発情期の獣のようになる。夜会に参加しては気に入った男をつかまえて、すぐに男女の関係になるのだ。

厄介《やっかい》なのは、気に入った相手であれば見境がなくなり、相手が既婚者でもお構いなしというところだった。

蘭子は、自分がなかなか結婚できないのは家族のせいだ、と不満を口にしていたが、実際のところ、男癖の悪さが災いしているのを本人は気付いていない。

「……思えば、長女の薔子さんの悪い噂は聞かないよな」

ぽつりと零した秋人に、冬樹は「ああ」と頷く。

長女の薔子はとても聡明で優しく、才能豊かなバイオリニストとして知られている。

「彼女だけは、優しく思慮深い素晴らしい女性だよ。それにとても美しい……」

冬樹は、薔子に思い入れがあるのか、熱っぽくつぶやいた。

2

階段を上っていると、二階の廊下の左右に扉が並んでいるのが見えてきた。

「現場は、そこの華子夫人の部屋だ。ちなみに、百合子さんも同室だ」

と、冬樹は上りきってすぐのところにあるドアを示した。

「この奥にある部屋の扉は？」

「あそこは義春氏の研究室だよ。反対隣は、主に百合子さんの世話をするメイドの部屋だ。ついでに言うと、向かい側は薔子さんと蘭子さんの部屋。菊男さん一家は、反対の奥側なんだが……」

冬樹がわざわざ説明しなくても、通路の向こうから子どもたちの甲高い声が聞こえてきていた。

「お行儀良くしてちょうだいっ！」

母親の金切り声も聞こえてくる。

「正子さんの声ですね」

「そのようだな。彼女は、姑である華子夫人に『躾《しつけ》がなってない』と常日頃言われていて、ピリピリしているようだ。あのやんちゃ坊主を見ていたら、『ちゃんと躾けしろ』って言いたくなる気持ちも分かるんだが……」

「『こういう場では、どのように振る舞えば良いか』という『教育』はもちろん大切ですが、子どもの場合、時に躾ではどうにもならない、生まれ持った本人の素質はありますからね。親ばかりを責めるのは酷というものでしょう」

そうかな、と冬樹は不服そうに洩らす。

彼は、子どもは躾次第で変わると信じているようだった。

「現に冬樹さんと秋人さんは、同じご両親に育てられ血を分けた兄弟ですが、まるで違っていますし」

清貴の言葉に、冬樹と秋人は思わず顔を見合わせ、たしかに、と苦笑した。

その時、長女の部屋のドアが開き、部屋の主である薔子が姿を現わした。

「あっ、清貴さん」

「薔子さん、お久しぶりです」

清貴は胸に手を当てて、一礼をする。

「突然、お呼び立てしてしてしまってごめんなさい」

薔子は申し訳なさそうに言って、絹糸のようなさらさらの長い髪を耳にかけた。

卵型の輪郭の中に形の良い目鼻が配置された、品の良い白薔薇のように美しい女性だ。

秋人は、美人だなぁ、と洩らし、その横で冬樹が真っ赤な顔で「失礼だぞ」と窘《たしな》める。

「頼ってくださって光栄ですよ。ですが、どうして僕を?」

「前に家頭のおじ様……誠司さんが、『困ったことがあったら、なんでも孫に相談してほしい』と仰ってくださって。なんでも、『京都のホームズ』と呼ばれているとか。私も、シャーロック・ホームズが大好きで」

薔子は熱っぽい眼差しを、清貴に向ける。

清貴はほんの少しこめかみを引きつらせたが、すぐにいつもの笑顔を見せる。

「……あらためて光栄です。それで、一体何が？」

清貴の問いに、薔子は顔を曇らせて俯く。

代わりに冬樹が答えた。

「清貴君、まずは現場を見てほしい」

華子と百合子の部屋の扉は、開いていた。

中では警察官たちが、現場を検証している。

この部屋の主である華子と百合子の姿はなかった。

「お邪魔します」

清貴は白い手袋をつけながら、部屋に一歩足を踏み入れる。

母と娘の二人が使っていた部屋は、豪華なホテルのツインルームのようにベッドが二つ、綺麗に並んでいる。また、これもホテルのようにバスルームが備えつけられていた。

ベッドの間にはチェストがあり、そこに果物が置いてある。また、この部屋には暖炉があり、暖炉の上の燭台には美しい花瓶が飾られていた。

美しい部屋だったが、秋人は床を見て真っ青になった。

血痕が広がっている。

この部屋のカーペットはモスグリーンのため、血の色がはっきりと見えた。

どんな惨劇《さんげき》がここで繰り広げられたのかと、目を覆いたくなる。

実際、秋人は「ぎゃっ」と呻いて、清貴の袖をつかんで背後に回った。

「ついに殺人事件が……」

震えるように言う秋人に、冬樹は「いや」と首を振った。

「華子夫人は、亡くなってない」

へっ？　と秋人は顔を上げ、

「やはりそうでしたか」

と、清貴は相槌をうった。

「な、なんでだよ。血の海じゃねぇか！」

「冬樹さんは、華子夫人が『襲われた』と言いましたが、『殺された』とは言ってません。それに一見、惨劇のように見えますが、人が死に至るほどの血の量ではないでしょう」

清貴はモスグリーンのカーペットに付着した血の量を確認しながら、冷静に言った。

この状況でどうして顔色も変えずにいられるんだよ、と血が苦手な秋人は、気分が悪くなって、手で口を覆いながら洩らす。

さて、と清貴は、現場をぐるりと見回した。

気になるのは、床のいたるところに散らばっている白い粉だ。

ここが台所なら、小麦粉でもこぼしたのかと思うだろう。

白い粉が付着した足跡も、そこら中についている。

「見たところ、足跡は男物の靴のようですね」

「ああ、結構な大きさだな」

と、秋人も気を取り直したように、ポケットから虫眼鏡を出してそれらしく言い、息を呑む。

花屋敷家は異国風だが、外靴のまま過ごす家ではない。

玄関で靴を脱いで、スリッパに履き替える。

犯人は土足でこの部屋に侵入したということだ。

「二十八センチくらいで、左右の踵がすり減った靴のようですね。つま先にかけて尖ったデザインですが、足跡を見る限り革靴ではないようです」

「今、屋敷に該当する靴はないか、探させているところだ」

清貴と冬樹が冷静に言葉を交わしている中、薔子は部屋の入口で、血を見たくないように目をそらしていた。

「第一発見者は？」

清貴の問いに、薔子の後ろで待機をしていたメイドが会釈をする。

「わ、私です。奥様も百合子お嬢様も朝起きるのが早いので、私は毎朝六時に様子を窺いに来るんです。今朝はノックをしてもお返事がなかったので、もしかしたらお加減が悪いのかもしれないとドアを開けたところ、奥様が血まみれで床に倒れていました。まだ息があったので、すぐ病院へ」

「助かったなら良かったなぁ」

秋人は胸に手を当てる。

すると薔子は苦い表情で首を振る。

「ですが、楽観視もできません。まだ意識が戻ってないんです」

「あ、そうなんだ……」

秋人がしゅんとしている横で、清貴も沈痛の面持ちで相槌をうつ。

「薔子さんの部屋は向かい側ですが、争う物音など聞いていませんか？」

「いいえ。私はいつも耳栓をして寝ているので、彼女の悲鳴でようやく気付けたくらいでして……」

「悲鳴を聞いて、すぐに駆け付けたんですね？」

「はい。そうしたら、血まみれの母の姿が……」

「その時、華子夫人はどんな格好をしていたのでしょうか？」

薔子とメイドは、「バスローブ姿でした」と、ほぼ同時に答える。

「華子夫人は、バスローブを寝巻にしていましたか？」

「いいえ。奥様はいつもネグリジェです」

「華子夫人は朝、入浴をする習慣はありましたか？」

「習慣ではないですが、時々朝風呂には入っていたようです」

メイドの言葉を聞き、そうですか、と清貴は納得した様子を見せる。

「やはり、この白い粉は天花粉《てんかふん》ですね。朝早く目覚めた華子夫人は朝風呂に入り、天花粉を手にしていた」

そうか、と秋人は目を輝かせ、

「こうやって、体にぱふぱふはたきながら、風呂場から出てきたってわけだな」

と、天花粉を片手に、体をはたく素振りをする。

冬樹は、なるほど、と納得したように頷いた。

「そこに犯人と出くわしてしまい、白い粉が飛び散ってしまったってわけだ」

争った末に天花粉が入った容器は、ベッドとベッドの間まで転がったようだ。

清貴は腰をかがめて容器を確認し、「ああ、やっぱりそうですね」と目を弓なりに細める。

そのすぐ近くのチェストの上に、果物が載った皿があった。

大層高価で、庶民はなかなか口にすることのできないバナナが一房、惜しげもなく皿に載っている。他には、みかん二個、リンゴと梨が一つずつ置いてあった。

どれも瑞々しいが、梨だけは傷んで黒ずんでいた。

「不可解なのは、凶器ですね……」

と、清貴は体を起こして、顔をしかめた状態で、床に目を向ける。

窓際には、バイオリンが落ちていた。

弦が歪み、側板に血がべっとりと付着している。

「凶器は、あのバイオリンですか？」

清貴の問いに、薔子と冬樹は同時に頷く。

「おそらく」

「もしかして薔子さんのバイオリンですか？」

いいえ、と薔子は慌てたように首を振った。

「あれは、一階の応接室に飾っていたものだと思います」

そうですか、と清貴は腕を組む。

「やはり不可解ですね」

「この家には、もっと殺傷能力の高いものがたくさんあります。たとえば、この暖炉の上の燭台や花瓶もそうです。なぜ、バイオリンなのか」

「そうか？　バイオリンも硬そうだけどな」

そんな話をしていると、部屋を調べていた警察官の一人が「あれ」と声を上げた。

「ベッドの下に、注射器が落ちてます！」

と、ベッドの下に転がっていた注射器を取り、冬樹の許に運ぶ。

冬樹と清貴と秋人は、その注射器を目を落とした。

液体が入っていたと思われる注射器の中は空だった。

清貴は、もしや、という顔で、薔子とメイドを見やる。

「チェストの上の果物は、いつも置いてあるのでしょうか？」

はい、とメイドが頷いた。

「奥様も百合子お嬢様も果物がとてもお好きなので、切らさないようにしております」

「華子さんには、苦手な果物がありましたか？」

その問いに、メイドと薔子は顔を見合わせた。

「……苦手というか、母は梨を食べません」

「何がだよ」と秋人。

薔子に続き、メイドも、はい、と頷く。

「奥様は元々、梨はお好きなんですが、食べると喉《のど》がイガイガしてしまうと仰って……」

「そのことは、家の誰もが知っていることでしたか?」

さらに問うた清貴に、薔子は、たぶん、と答えた。

「果物の話になると、『梨の味は好きなのに喉がイガイガしてしまうから食べられない。残念だ』と、よく言っていたので」

そうですか、と清貴は皿の上の梨を手に取る。

黒ずんだ梨を見て、メイドは眉根を寄せた。

「あら、その梨、昨夜用意したときは、あんなに瑞々しかったのに、どうして一晩で腐ってしまったのかしら?」

「それは、簡単な話ですよ」

と、清貴は、梨に針で刺したような穴があるのを見付けて、皆に見せる。

「その注射器で、毒薬を注入したからでしょう」

「――っ」

皆は目を見開いて、絶句した。

「……ってことはなんだよ?」

「犯人は早朝この部屋に侵入し、梨に毒物を注入した。その時、バスルームから華子夫人が出てきたわけです。犯人は驚きながらも、近付いてくる華子夫人の頭をバイオリンで殴りつけて逃走した――」

清貴の言葉を聞き、つまり、と秋人と冬樹は目を光らせる。

「犯人は華子さんじゃなくて、百合子さんの命を狙っていたわけだな」

そうか！　と冬樹は拳を握った。

「犯人はたまたま、華子夫人に見付かってしまった。つまり、致し方なく及んだ犯行というわけだ。とりあえず、靴を見付けなくては！　皆、捜索を急げ」

冬樹は部屋にいた警察官たちを見て声を上げる。

皆は、はっ！　と敬礼のポーズを取って、駆け出した。

「犯人はとことん百合子さんを狙ってるっつーわけだな」

「ああ、そうなると、絞りやすい」

うんうん、と頷く冬樹と秋人を見ながら、清貴だけは解せないような顔をしている。

その視線は、床に転がっているバイオリンに注がれていた。

3

この事件の渦中の人物、花屋敷百合子は、隣のメイドの部屋のソファーに座っていた。

メイドの部屋にはベッドと一人掛けのソファー、机と椅子がある。十分すぎる立派な部屋だが、華子の部屋を訪れた後では、随分質素に見える。

ソファーに座る百合子は、いつもと様子が違うのを感じているのか、そわそわとした様子を見せていた。

膝の上の手がせわしなく動いている。

「百合子さんは、目も耳も不自由なわけだから、この状況を説明しようがないよな」

秋人が気の毒げにつぶやくと、メイドは「いいえ」と首を振る。

「百合子お嬢様は、生まれた時は健康で、六歳の時に大病を患い、目と耳が不自由になってしまったそうです。百合子お嬢様はとても聡明で、六歳で読み書きは完璧だったとか。ですので、いつもこれで会話を」

そう言ってメイドは、ひらがなが浮き彫りになったボードを取り出した。それは、積み木のように並べられ同じ文字が並んでも問題ないよう、複数用意されている。

「なるほど、考えましたね」

清貴は、トントンと百合子の腕を軽くノックしてから、ひらがなボードを使って文字を並べて、会話文を作った。

『はじめまして　やがしらともうします』

すると百合子は、『やがしらともうします』の文字を取り除き、『はじめまして』だけを残して、会釈をする。

『あなたは　なにもの？』

百合子が新たに並べた文字を見て、清貴は少し考えてから致し方ないという様子で文字を作る。

『わたしは　たんていです』

「おっ、ついに探偵だと認めたな」

茶化すように言う秋人に、清貴は顔をしかめる。

「『警察』と伝えることも考えたんですが、嘘をつきたくないですし」

嘘をつかず短い文字ですべてを伝えるには、『探偵』が手っ取り早い。

清貴は続けて、文字を作る。

『あなたの　おかあさんが　ごうとうにおそわれ　けがをしました』

そう伝えると、ああ、という様子で百合子は両手で顔を覆う。

『なにか　きづいたことは　ありますか？』

そう問うも、彼女は今も顔を手で覆ったままだ。

清貴が並べた文字に気付いていなかった。

「清貴君。いいかな……」

冬樹に呼ばれて、清貴は百合子の肩を優しく撫でてから、「はい」と立ち上がる。

「やはり、あのバイオリンは、応接室に飾っていたものだったようだ。ちょっと来てくれ」

清貴と秋人は、冬樹とともに一階の応接室に移動する。


応接室には、大きなガラス戸の棚があり、そこに骨董品や人形が飾られていた。

よく見ると、何も入っていない段がある。

「――ここに、例のバイオリンが入っていたそうだ」

と、冬樹はガラス棚に目を向けながら言う。

「ちなみに、いつ頃持ち出されたか、分かりましたか？」

「今、聞き込みをしているが、応接室のガラス棚の中のことを気に留めていた者はいないようで、皆、よく分からないと答えているよ」

「バイオリンと注射器に指紋は？」

「注射器には何も。そしてバイオリンには、元々あった複数人の指紋が残されていたが、犯人のものと思われる新しい指紋はついていなかった」

「そうですか……しかし不可解ですね。なぜ、わざわざバイオリンを使ったのか」

首を捻る清貴に、冬樹も考え込むような顔を見せる。

「もしかしたら犯人は、ここにあったバイオリンに価値を感じて盗み出すつもりで、手にしていたんじゃないか？　そのまま華子夫人の部屋に侵入し、とっさにそれを凶器にしてしまったとか」

「バイオリンを手にしたまま、毒が入った注射器を持って部屋に侵入するのが不自然ですし、そもそも、あのバイオリンは特別な価値はない、ごく普通のものでした」

清貴は、豪商と謳われる家頭家の後継ぎ。

目利きとしても知られている。バイオリンの価値も見抜いていた。

とはいえ、と清貴は続ける。

「金銭的なことはさておき、この家においては価値があったのかもしれませんがね……」

清貴がそうつぶやいていると、外から警官の声が聞こえてきた。

「靴があったぞ！」

「本当か、どこにあった？」

「裏の林です」

その声に、三人は窓の外に目を向ける。

警官たちが、靴を手に嬉しそうにしている様子が見えた。


ややあって、その靴は、冬樹の許に届けられた。

ズック靴と呼ばれる、布を用いて作った、ゴム底の白い運動靴だった。

二十八センチで先が尖っているデザインだ。

「思っていたほど、踵がすり減っていないですね」

手袋をした状態で靴を確認していた清貴は、ふと眉根を寄せる。

清貴は、右の靴の外側に染みが付いているのを指差して言った。

「これはなんの染みか、調べてもらえますか？」

冬樹は、分かった、と頷き、すぐに靴を部下に預ける。


その後、靴に残されていた染みは、毒液であったことが分かった。

それは梨に混入された毒物と同じものだったのだ。

同じ頃、靴の所有者も分かった。

花屋敷家の後継ぎである長男・菊男の物だったのだ。

4

花屋敷菊男の部屋では、十一歳の長男・菊正と、四歳の次男・菊次郎が、丸めた新聞紙を刀にして、叩き合っていた。

「二人とも、静かになさい！」

母の正子が金切り声を上げている。

冬樹は不快そうに顔をしかめ、秋人は「おー、元気だな」と笑う。

そんな中、清貴は裏の林で発見された白いズック靴を菊男に見せた。

「菊男さん、この靴に見覚えはありますか？」

「――たしかに、それは俺の靴だが、もうずっと履いていない。ズック靴は楽だと思ったんだが、それ、先が尖ったデザインだろう？　俺の足には合わなかったんだ。やっぱり、靴とスーツはオーダーメイドに限るな」

菊男の言葉を聞き、秋人は『自慢かよ』とうんざりした顔を見せたが、清貴は、同感です、と頷く。

「それで、この靴はどこに置いてましたか？」

「さあ、捨てたと思っていたよ……この靴が何か？」

菊男は警戒心をあらわにしながら問う。

彼も、母親の部屋に何者かの足跡が残されていたのは知っている。

まさか、この靴だというわけじゃないだろうな、という雰囲気だ。

そんな疑問に、冬樹が答えた。

「事件現場に残されていた足跡ですが、この靴と一致したんです」

はっ？　と菊男は目を見開く。

「足跡が一致って。さっきも言った通り、それは別にオーダーメイドでもなんでもない靴だ。シンデレラでもあるまいし、世界に一つってわけじゃないだろ」

ムキになって言う菊男に、上手いことを言う、と清貴は頬を緩ませた。

「言い分はごもっともです」

「そうだろ。犯人が同じメーカーの靴を履いていて、だから足跡が一緒だったって可能性もあるはずだ」

「ところで、菊男さん」

「なんだ？」

「『塩化第二水銀』をご存じですか？」

「塩化……？　いや、なんだ？」

化学は得意じゃなくて、と菊男は苦笑する。

「梨に混入されていた毒物の名前です。致死量を大きく上回るほど注入されていたとか。あの梨を一口食べただけで、即死ですね」

菊男は顔をこわばらせる。

清貴は右の靴の外側の染みを指した。

「同じ毒物『塩化第二水銀』がこの部分に残されていました。そして靴の裏には天花粉。犯人も同じメーカーの靴を履いていた可能性があるのではないか、というあなたの言い分は分かりますが、犯人が犯行時に履いていたのは、あなたのこの靴で間違いありません。犯人は、この靴を履いて犯行に及んだのでしょう」

菊男はさらに目を剥いた。

「あらためて伺いますが、この靴はどこに置いてましたか？」

「どこ……って、捨ててなかったなら、普通に玄関の靴棚の奥だろう」

大人たちが話をしている間も、子どもたちのチャンバラごっこは続いている。

わーわー、と騒ぐ子どもの声に苛立ったのか、「うるさいぞ、お前ら！　正子、静かにさせろ！」と菊男は声を張り上げた。

正子は「は、はい」と体をびくっとさせて、

「菊正、菊次郎、もう少しで江田《えだ》先生が来るから、庭のガゼボで待ちましょう」

と、子どもたちに外に出るよう諭す。

「大体、こんな履いてない靴、お前がちゃんと捨てないから悪いんだ！」

「ですが、勝手に捨てたりしたら、あなたはいつも……」

「黙れ、口答えするな！」

夫の横暴な言いように、正子は言葉を詰まらせる。

菊男は大声を出したことで少し冷静になったのか、ふん、と鼻で嗤った。

「で、あなた方は、この靴の持ち主である俺が犯人だと？　犯人なら、わざわざ自分の靴を履いて犯行に及ぶと思いますかね？」

その言い分はもっともであり、秋人は「そうだよなぁ」と洩らす。

清貴も、そうですね、と同意する。

「あなたが犯人と言っているわけではありません。ただ、事情をお訊きしたかったのです。昨夜から今朝にかけて、あなたはどこで何をしていましたか？」

「これが噂のアリバイ調査ってやつか。昨夜から今朝は普通にここで寝ていたよ。昨夜は夜十一時にこの部屋に来て、ベッドに入った。で、今朝の騒ぎで叩き起こされたよ」

「寝ている間、何か気付いたことはありましたか？　奥様にも伺いたいです」

清貴にそう問われ、菊男と正子は、何かあっただろうか？　と顔を見合わせる。

「いや、特に」

「私も主人も眠りが深いのか、一度寝てしまえば、雷が鳴っても起きないことが多くて」

清貴は話を聞きながら、部屋を見回した。

屋敷の二階端にある菊男一家のスペースは、三部屋確保されているようだ。

夫婦の寝室、子どもたちの寝室、それらに挟まれたかたちで居間がある。

ここにもバスルームが備えつけられているようだった。

華子の部屋までは距離があり、気付かないのも無理はないだろう。

「分かりました。ありがとうございます」

と、清貴が頭を下げた時、部屋をノックする音がした。

「家頭様、百合子お嬢様が、あなたを呼んでいるようです」

先ほど清貴が『なにか　きづいたことは　ありますか？』と百合子の膝の上に残した、ひらがなボードのメッセージに気付いたのだろう。

清貴はもう一度菊男に会釈をして、百合子の許へと急いだ。

5

百合子は、先ほどのソファーに座ったままの状態だった。
膝の上のひらがなボードをトントンと叩いている。
『たんていさん』という文字が並べられていた。
清貴は、百合子の腕をトントンと叩いてから、『はい』と答える。
『あのときのこと　つたえます』
『よろしくおねがいします』
と清貴は返事をする。
『へんなかんじがして　わたしはおきました』
変な感じとは、犯人と母親が争っていたことを言っているのだろう。
目と耳が不自由な分、百合子は振動を含めた感覚が敏感なようだ。
『なにか　わかったことが　ありましたか？』
清貴がそう問うと、百合子はすっくと立ち上がり、傍らに置いてあった杖を手に危なげなく、隣の自分の部屋へと向かう。

清貴、秋人、冬樹、他の警察官やメイド、長女の薔子に蘭子もその様子を見守っていた。

百合子は自分の部屋に戻ると、慣れた様子で自分のベッドに横たわる。

どうやら、その時の再現をして見せるようだ。

不可解な気配と振動を感じた百合子は、体を起こして、足をベッドの外に下ろす。

そのまま立ち上がり、ベッドのフットボード側に体の向きを変えて、母が側にいるのかと手を伸ばした。

その時、百合子の手は何かを触ったようで、驚き手を引っ込める素振りをする。

百合子は一拍おいて、自分の頬をトントンと叩く。

「――そうでしたか、あなたは、犯人の顔に触ったんですね」

えっ？　と秋人は首を傾げた。

「どうして、そんなところに犯人の顔があるんだ？」

百合子が手を伸ばした角度は、目の前に垂直だった。

すると冬樹が口を開く。

「おそらく、犯人は落としてしまった注射器を拾おうと腰をかがめたところだったんじゃないか？　その時に百合子さんに触れられて、慌てて逃げ出した」

「あ、そうか。だから、注射器は回収できずにベッドの下に入ったままなんだな」

秋人は、ぽんっ、と手をうち、他の皆も納得した様子を見せている。

それについて、清貴は何も言わなかった。

百合子はソファーに腰を下ろして、ひらがなボードがほしい、という素振りで膝をトントンと叩いて見せた。

すぐにメイドが百合子の膝にひらがなボードを置く。

『とても　すべすべした　うつくしいはだでした』

「すべすべした、美しい肌？」

自然に皆の視線が、薔子と蘭子に注がれた。

二人とも三十代であるが、瑞々しく美しい肌をしている。

「ちょっ、そんなの当てにならないでしょう？　百合子姉さんなんて、なんにも分からない人なんだから」

蘭子が吐き捨てるように言うと、薔子が即座に窘めた。

「おやめなさい、蘭子」

「だって、薔子姉さんは、こんな不確かな情報で疑いをかけられるのは嫌じゃないの？　私はごめんだわ」

清貴はそんな二人に構うことなく、百合子の前のひらがなボードに質問を並べる。

『だれだと　おもいましたか？』

『わからない　すぐいなくなった』

『ほかに　かんじたことは？』

『そのひとから　あまいかおりがした』

ふむ、と清貴は腕を組み、再び訊ねる。

『これではないですか？』

清貴は天花粉の香りを百合子に確認してもらうも、『ちがう』と首を振った。

『どんな　あまさですか？』

百合子はその時の香りを思い出そうとしているのだろう。眉間に皺《しわ》を寄せている。

ややあって、こう答えた。

『ばにらのかおり』

「バニラ――」

清貴が真剣な顔をして考え込んでいると、蘭子が鼻で嗤った。

「それなら、一番怪しいのは、台所でお菓子作りをしているメイドじゃないのかしら？

家族に嫌疑がかけられているけど、メイドが百合子姉さんの世話に疲れた、って可能性もあるんじゃない？　メイドは若いから、すべすべした肌をしているし、お菓子にバニラの香料を使うから、香りがしていても不思議じゃないわ」

蘭子は腕を組んで、壁際に立つメイドに目を向ける。

彼女は弾かれたように顔を上げた。

「わ、私はそんなことといたしません！　百合子お嬢様は、皆さまが思うよりも自分で自分のことができます。御髪《おぐし》だって、ご自分で編まれるくらいですし、百合子お嬢様のお世話は皆さまが思うほど大変ではありません。何よりとてもお優しい方です」

「そうよ、蘭子。自分の疑いを晴らしたいのは分かるけれど、誰かに罪を擦《なす》り付けるような真似はおやめなさい」

「――っ」

蘭子は勢いよく部屋を出て行く。

「あっ、蘭子さん」

秋人が彼女の後を追った。

清貴は続けて、百合子に質問をする。

『ばにらは　おかしや　あいすのにおいですか？』

百合子は考え込むようにした後、文字を並べた。

『すこしちがう　じんこうてきなかおり』

人工的……、と清貴はつぶやき、

『ありがとうございます　なにかおもいだしたら　またおしえてください』

そう文字を並べて百合子の肩を優しくさすった。

清貴は立ち上がり、部屋の外に目を向ける。

廊下では、どうやら秋人が蘭子と話をしているようだ。

「――そう。秋人さんは、あの探偵さんの助手なのね？」

「ええ、ですので、どうか、この梶原秋人にお任せを」

「頼もしいわ。こんなことになるなんて、私、怖くて」

蘭子は美しく、異性を惹《ひ》きつける媚薬《びやく》のような魅力を放っている。

男好きという蘭子の評判を聞くと、大抵の男性は眉を顰めるが、実際に彼女を前にすると、ほとんどの男は鼻の下を伸ばすのだ。

それは、秋人も例外ではなかった。

蘭子は怯《おび》えた素振りで、秋人の胸に寄り添う。

ごくり、と秋人の喉が鳴る音が、部屋の中にいる清貴と冬樹にも聞こえた気がした。

二人は揃って、冷ややかな視線を秋人に送っていたが、秋人は気付いていない。

「秋人さん、怖いから、抱き締めてくださらない？」

「ええ、いくらでも！」

秋人が鼻息荒く、蘭子を抱き締めようとした瞬間、

「蘭子さん、僕もあなたのお力になりたいと思います。どうか、お話を聞かせていただけませんか？」

清貴が蘭子の方を向いて、にこりと微笑む。

秋人よりも頼りになりそうな男前の言葉に、蘭子は「あら」と目を瞬かせて、するりと秋人の腕から抜けた。

「私の話で良かったら、いくらでも」

そう言って蘭子は清貴の腕にすり寄ろうとしたが、「では、下で」と清貴は踵を返してかわし、一階の応接室へと向かった。

6

「なんでも、聞いてちょうだいね」

蘭子は一人掛けのソファーに座り、悩ましく足を組みなおす。

冬樹は直視できぬように目をそらし、秋人は分かりやすく目を輝かせ、清貴は気にも留めぬ様子で「では」と話を始めた。

「ガラス棚のバイオリンは、いつ頃から飾られていたんですか？」

「さあ……ずっと前からよ。私たちが子どもの頃からあったわ」

「どなたの物だったんでしょうか？」

「誰の物でもないから、触りたい人は勝手に出して使ったりしてたわ。まぁ、薔子姉さん以外、ちゃんと弾ける人間なんていないんだけど」

と、蘭子は笑い、「そういえば」と両手を合わせる。

「元々は、父のバイオリンだったって話よ。父は子どもの頃からバイオリンに憧れていたんですって。でも、結婚前は貧しくて手が出なかったそうでね。それで、結婚してから、バイオリンを買って挑戦してみたけどまったく上達しなかったとか。そうそう、その話を聞いた薔子姉さんが、『それじゃあ、私がお父さんの代わりにバイオリンを弾いてあげる』って。それがキッカケでバイオリンを始めたそうよ」

蘭子は思い出したように頷きながら語り、薔子贔屓の冬樹は、「いい話だ」と胸に手を当てている。

そうですか、と清貴は微笑みながら相槌をうつ。

「亡くなったお父様は、慕われていたんですね？」

「薔子姉さんと弟の菊男は、穏やかで優しい父が大好きだったみたいね。だけど、私は別に……。惨《みじ》めったらしくて見てられなかったわ。私も『可哀相』だとは思ってたけどね」

「お父様は、どのように可哀相だったんでしょうか？」

「いつも小さくなってたわ。母もぶち切れると、すぐに暴れるから、父は常に言動に気を付けていたみたいだし」

その姿は、想像がつく気がした。

「母は常に百合子姉さんにべったりで、父とは寝室も別よ。父は父で、現実から逃避するみたいにいつも研究室に籠って実験ばかり。かといって、それで何か偉大な発見ができたわけでもないし、母の顔色を窺って生きる小動物みたいな人だったわ」

「そんなお父様が失踪した時、お母様はどんな様子でしたか？」

「最初は誘拐じゃないかって怪訝そうにしていたんだけど、家出が濃厚ではないかとなった時、びっくりするくらい取り乱してね。きっと、言いなりだと思っていた夫に逃げられてショックだったのね。研究室に鍵をかけて、誰も入らないようにしちゃうし」

「どうして、そんなことをしたのでしょう？」

「劇薬もあるし危ないと思ったんじゃないかしら。父がいなくなったら、自分が花屋敷家の当主でしょう？　毒殺されるのを心配したんじゃないかしらね……結局、物理的に襲われたみたいだけど」

蘭子は肩をすくめて言う。

いいえ、と冬樹が口を開いた。

「華子夫人は狙われたわけではなく、とばっちりを受けただけのようで」

えっ？　と蘭子は目を瞬かせた。

続きは、清貴が答えた。

「犯人はあの寝室に侵入し、注射器を使って梨に毒物を注入していたところ、入浴を済ませた華子夫人と出くわしたようなんです」

「え、でも、それはやっぱり毒殺じゃないの？　あ、そうか。母は梨を食べないから」

そこまで言って蘭子は、冷ややかな表情をする。

「――ってことは先週に引き続き、百合子姉さんが狙われたということね。だとしたら、弟以外、考えられないわね。梶原さんも遺産の話を聞いていたでしょう？　母が百合子姉さんに相続させるつもりでいるって」

「あ、ああ、よく覚えていますよ」と冬樹は頷く。

ふむ、と清貴は腕を組む。

「どうやら、華子夫人の百合子さんへの愛情は少し行き過ぎているように思えます。最初は世間に向けてのポーズかと思いましたが、それで娘と同室で生活することまではできないでしょう。本気で華子夫人は、百合子さんに傾倒しているようですね」

そうね、と蘭子は目をそらす。

「なぜ、あれほどまで百合子さんを？」

蘭子が何か言う前に、冬樹が答えた。

「それはやはり、百合子さんが不憫だったからだろう？」

するとと蘭子は鼻で嗤って、首を振る。

「そんなんじゃないわ。ううん、それもあるかもしれないけど、あれはナルシシズムよ」

ナルシシズム？　と三人は思わず訊き返す。

「百合子姉さんは母の若い頃にそっくりなのよ。あと、自分が亡き祖父の主催する夜会で遊び惚《ほう》けている時、百合子姉さんは寝込んでいて、そのせいであぁいう状態になってしまったから、負い目もあるのね。前の旦那さんと別れた原因も、百合子姉さんの病気だったようだし……。まぁ、そういうのも重なって、百合子姉さんにべったりなわけ。挙句の果てには、遺産までですもんね。後継ぎの菊男はそれが面白くなくて仕方ないのよ」

「面白くないのは、あなたも一緒なのではないでしょうか？」

ストレートな清貴の質問に、秋人はぎょっとした。

だが、蘭子は気にも留めていない様子で、ふふっ、と笑う。

「そりゃあ、もちろん面白くないけど、殺すほどじゃないわ。私は贅沢《ぜいたく》に生活できる程度のお金があれば十分。なんなら百合子姉さんの後見人になったっていい。お世話はメイドがするわけだし」

「では、感情的にはどうでしょうか？」

続けて問うた清貴に、「感情？」と蘭子は眉を顰めた。

「財産の問題だけではなく、百合子さんに対して蓄積《ちくせき》された思いがあるのではないでしょうか？」

「――そんなこと、生まれた時からそうだから、今さら別に……」

そうでしょうか、と清貴は膝の上で指を組み合わせる。

「あなたは恋多き女性として知られています。そのように誰かを求めてしまうのは、お母様から受け取れなかった愛情を、別の形で埋めようとしているのではないですか？」

蘭子は大きく目を見開き、

「馬鹿言わないで！」

と、勢いよく立ち上がった。

「何それ？　私は本当は母親の愛情が欲しいのに、それがもらえないから、代わりに男を求めていたって？」

「違いましたか？」

冷静に問われ、蘭子は顔を歪ませる。

「何を言うのよ。私は恋愛というゲームが好きなだけよ。男が好きなだけ！　本当は母の愛情が欲しかったなんて、そんな――そんなこと――」

ええ、と清貴は頷く。

「あなた自身、そんなつもりはなかったでしょう。ですが、男性との恋愛ゲームでは満たされなかったのではないですか？　そもそも、あなたの求めているものとは違うわけですから」

清貴は無表情のまま、蘭子の目を見詰めて話す。

蘭子はまるで悪魔に見据えられたように、青褪めて立ち尽くしていた。

「蘭子さん――あなたは、とても寂しかったんですよね？」

そこまで言うと、清貴は労るように切なげな表情で語り掛けた。

蘭子は全身を小刻みに震わせて、ソファーに座り顔を伏せた。

肩が小さく揺れ、うっ、と嗚咽《おえつ》が漏れる。

清貴はソファーから立ち上がって、とんっ、と蘭子の肩に優しく手を乗せる。

「小さい頃から本当に欲しいものが与えられずにきたんです。お辛かったですね」

蘭子は俯いたまま、微かに頷く。

「ですが、蘭子さん、まだ、あなたのお母様は生きています。どうか、ご自分に素直になってください。抱き締めてもらえないのであれば、ご自分から抱き着いてください」

蘭子はぼろぼろと涙を流しながら、

「――はいっ」

と、膝の上で両拳を握り締める。

清貴は、内ポケットからハンカチを取り出して、スッと蘭子に差し出した。

しばらく、応接室に蘭子の嗚咽が響いていた。


「――清貴君は、本当に素晴らしいな」

蘭子が応接室を出て行った後、冬樹はしみじみとつぶやいた。

すると秋人が、「ちげーよ、兄貴」と顔を引きつらせる。

「何が違うんだ？　蘭子さんの心を溶かしたんだ。素晴らしかったじゃないか」

だからっ、と秋人は肩をすくめて、清貴を横目で見た。

「これがこの男の怖いところなんだよ。こいつは、ああやって人の心に入り込んで、人を操《あやつ》っていくんだ。これで、蘭子さんはこいつの手駒なんだよ。悪魔みたいな男なんだよ、ホームズは！」

「失礼だぞ、秋人」

「まったくですよ、人聞きの悪い」

と清貴はソファーの背もたれに身を預ける。

「それにしても、聞けば聞くほど、気になることがいくつもありますね」

「やっぱり、バイオリンか？」

他にもいろいろ、と清貴は息を吐き出す。

「自殺した当主といい、華子夫人といい、この家はどうも不可解です。気になるのは、その玄関ホールの壁」

そう言って、清貴は応接室の外を指差した。

壁？　と、秋人は廊下に目を向ける。

「一部、変色しているんです。おそらく大きな絵が飾られていたのでしょう」

「え、そうだったか？」

秋人は応接室を出て、玄関ホールの壁を確認した。

「ああ、本当だ。大きな絵が飾ってあったっぽい」

「なんの絵が飾られていたと思います？」

清貴に問われ、秋人は「さあ？」と首を傾げながら、応接室に戻ってくる。

「たぶん、この家の闇ですね」

清貴はそう言って、微かに目を細めた。

第三章　亡き当主の研究室

1

事件発生から一日。

現時点で分かっていることは、最初にミルクティーに混入された毒物は『ストリキニーネ』で、二番目に梨に注入された毒物は、『塩化第二水銀』だったということ。

犯人は、菊男の使っていなかった白いズック靴を履いて犯行に及び、犯行の際に毒液を靴に零してしまっている。

百合子の命を狙って、梨に毒液を注入しているところを華子に目撃され、バイオリンで彼女の頭を殴りつけた。

その際、華子が持っていた天花粉が散らばり、靴についている。

争う気配で目を覚ました百合子は、犯人の頬に触れている。『すべすべした美しい肌』を持ち、その体からは『バニラの香りがした』ということだ。

犯人は、百合子に触れられて驚いたのか、使った注射器を回収せずに逃走。

また、使われた注射器の出どころは、まだ分かっていなかった。

当初は、花屋敷家の主治医の所有物が盗み出されたのでは、という可能性も考えられたのだが、そうではなかった。

また、病院に運ばれた華子の意識も依然として戻っていない。

だが、朗報もあった。

病院から、華子の衣服の腰ベルトに鍵がつけられているという報告が入ったのだ。

それは、たったひとつしかないと言われている研究室の鍵だった。

研究室の鍵は、清貴と冬樹、秋人が立ち合いの下、薔子が病院で医師から受け取った。


一行はそのまま花屋敷家に戻り、研究室のある二階へと向かう。

研究室は二階の端で、華子・百合子の部屋の隣に位置していた。

清貴、薔子、冬樹、秋人は扉の前まで来て足を止めた。

「鍵を開ける前に、少し失礼いたします」

清貴はそう言いながら、立膝をついてしゃがみ込み、鍵穴に針金を二本差し込む。

「もしかして、針金で開けようとしているのか？」

秋人は、わくわくした様子で隣にしゃがんだ。

「ええ、それも試してみたかったのですが……無理ですね。この鍵は随分と頑丈で重い。一般的なコソ泥が使う方法では、とても開きそうにないです」

と、清貴は鍵穴から針金を取り出して、ジッと見詰める。

冬樹が腰をかがめて、訊ねた。

「針金に何かついていたか？」

「いいえ、その逆です」

「逆？」

「錆《さび》以外、何もついていません。鍵穴に蝋《ろう》を詰めて合鍵を作ったのではないかとも思っていたんですが、どうやらこの中に蝋が詰められた形跡はないですね」

清貴は立ち上がり、ふぅ、と腰に手を当てた。

むむ、と冬樹は顔を険しくしかめる。

「——そうか、分かったぞ。犯人は義春氏の失踪前、つまりこの部屋が開放されていた時に侵入し、毒物を手に入れたんだ」

「兄貴……」

秋人は冷ややかに目を細める。というのも、この話は清貴が昨日、可能性の一つとして挙げていたからだ。にもかかわらず、冬樹は、まるで今自分が思いついたような顔で言っている。それは、やはり側にいる薔子を意識してのことだろう。

だが、冬樹のそんな微々たる努力も薔子には伝わらなかったようだ。

彼女は感心するわけでもなく、いいえ、と首を振る。

「その可能性はほとんどないと思うんです。父が生きていた時から、ここへは誰も自由に出入りなどできませんでした」

「あ、そうだったのですか」

と冬樹は、拍子抜けしたように洩らす。

「はい。『この部屋は危ないから』と、父は誰も……母すら入れないようにしていたんです。自分がここから離れる時は、トイレに行く時だって、いちいち扉に鍵を掛けていたんですよ」

「トイレに行く時まで？」

過剰だな、と秋人は目を丸くする。

「危険な薬品を扱う化学者として素晴らしいことですよ。この家には小さなお孫さんたちもいらっしゃいますしね」

清貴はそう話しながら、鍵穴に鍵を差し込んだ。

がちゃり、と重い音が響く。

研究室は、十八畳ほどの広さだ。

部屋の中心に水道が備えつけられたテーブルがあり、ビーカーやフラスコ、アルコールランプ、ガスバーナーが並んでいる。

壁には棚が並び、その中に本や薬品の瓶があった。

仮眠もとれそうな大きなソファー、そしてこの部屋にも暖炉があった。

床には埃《ほこり》が積もっている。歩けば足跡がつきそうなほどだ。

そして、まるでその足跡を隠すように、床の埃は踏み荒らされていた。

「――警察は二か月前、水死体が義春さんのものだと確定した時も、この部屋に入っているんですよね？」

ああ、と冬樹は頷く。

「俺も同行している。その時は、『彼はここを綺麗に片付けて死に逝《い》ったんだな』と思ったくらい綺麗なもので、こんなに埃は積もっていなかった」

はい、と薔子が頷く。

「警察がここを調べた後に、母が鍵を掛けて、完全に開かずの間にしました」

「二か月で、こんなに埃が積もるんだなぁ。でも、その埃は踏み荒らされてるっぽいし、やっぱり、誰かが侵入したんだな」

と、秋人は部屋を見回しながら、ごくりと喉を鳴らした。

「不思議ですね」

清貴は床を眺めながら、目を細める。

皆は黙って清貴の方を向いた。

「埃が乱れているのは、部屋の中心だけなんです。戸口と窓の下、壁際の埃は踏み荒らされた様子がない」

「ってことはなんだ？　犯人はドアを開けて、ジャンプして部屋の中に入って、作業をして、足跡を隠すように埃を踏み荒らして、またジャンプして部屋の外に出たとか？」

「そうかもしれませんが、そんなことをわざわざする必要はないでしょう」

清貴は首を捻りながら、部屋に入り、窓を確認する。

窓には刑務所のように鉄格子がついており、出入りは不可能だ。

「おい、ホームズ、見ろよ。化学者だった当主は、すげぇ几帳面だったみたいだな」

秋人は、薬品棚を眺めながら言う。

棚は五段になっていて、各段ともに三つに仕切られ、十五の区画に分けられている。

そこに、大きさ、形状ともに統一した瓶が、綺麗に並んでいた。

瓶の一つ一つにラベルが貼られている。

黒インクを使った綺麗な文字で、薬品の種類と番号が記されていた。

一番目を示す『＃1』の薬品は最上段の左端に置かれ、そこから右に『＃2』『＃3』と続いていた。『＃15』の薬品が一番下の段の右端で、『＃16』は新たな棚に移る。

格子状に区切られた棚には、瓶がずらりと並び、他には何も置けないほどだ。

そうした棚は、この部屋には二十ほどある。つまりこの部屋には、薬品が全部で三百あるということだ。

おっ、と冬樹が上から二番目の棚を見て、声を上げた。

「清貴君、これを見てくれ」

【＃9　C21 H22　N2　O2 ストリキニーネ［劇薬］】

［劇薬］の文字だけは、赤字で書かれていた。

中身は結晶状の白い錠剤であり、半分ほどしか入っていない。

「これはこれは――」

清貴は興味深そうに目を輝かせる。

「冬樹さん、二か月前、この薬品の調査はしましたか？」

「もちろん、棚のすべてを見たし、特に劇薬には注目したよ。その時は、もっと錠剤が入っていたはずだ」

と、冬樹が鼻息を荒くした。

「そうですね、それに、ここを見てください」

清貴は、瓶の底を指差す。

床だけではなく、棚にも同じように埃が積もっていた。

ほとんどの棚の埃は、触れられた様子はない。

だが、ストリキニーネが入った棚の埃は、明らかに乱れている。

冬樹と秋人、そして薔子はハッとした顔を見せた。

「二か月前は、こんなに埃が積もっていなかったわけですから、この瓶が最近動かされたことは間違いなさそうです。犯人はここからストリキニーネを持ち出して、百合子さんのミルクティーに入れたと考えて良いでしょう……」

清貴は、再び棚に目を向ける。

十二番目の棚まで来て、清貴は動きを止めた。

上から二番目の段に、誰かが触れたような指の跡が残っていたのだ。

その棚の薬品は、【#169　HNO3　硝酸［劇薬］】だった。

「冬樹さん、ここに誰かが触れたような痕があるのですが、これに覚えは？」

「――覚えはないな」

「もしかして、それが梨に入れられた毒物なのか？」

と、秋人が興奮気味に訊ねる。

「いえ、それは、こっちですね」

と、清貴は同じ段の瓶に視線を移した。

【#168　塩化第二水銀［劇薬］】

「あ、これか……」

秋人は恐れをなしたように、低い声でつぶやく。

その瓶の中に入っているのは、液体だった。

ストリキニーネと同様に、量が少なくなっている。

さらに調べると、中央のテーブルについている引き出しの中には、注射器がいくつも入っていた。

「――っ」

薔子の顔は蒼白となって、口に手を当てた。

「犯人は、ここですべてを用意したわけか」

冬樹は、忌々しい、と舌打ちした。

だけどよ、と秋人が振り返る。

「そもそも、どうやってこの部屋に入ったんだよ？　鍵はたったひとつで、その鍵は暴君のばーさんがいつも持っていて離さなかったんだろう？　合鍵を作った形跡もなければ、窓からも入れないんだぜ！」

秋人の言葉に、皆は黙り込んだ。

清貴は今一度、部屋をぐるりと見まわし、ぱちりと目を見開いた。

「――ああ、僕としたことが、こんな大きな出入り口があるではないですか」

えっ、と皆は清貴の方を向く。

清貴は颯爽と、暖炉の前まで歩いていった。

「この暖炉です。暖炉といえば、必ず煙突がある。犯人は煙突から侵入したのでしょう」

冬樹と秋人は、おお、と顔を明るくさせて、拳を握り締めた。

だが、薔子は浮かない表情で、首を振る。

「それはありえません」

「どうしてですか？」

「うちの暖炉、祖父の代は使っていたのですが、今となってはすべて飾りで、各部屋は小型の普通のストーブを使っているんです。煙突が開いていると、冬の間はすかすかで寒いので、何年も前に塞いでいるんですよ。もし、それを開けるとなったら、職人を呼ばなくてはなりません。そんなことをしたら、絶対に私たちは分かります」

自分の考えが外れて、そうですか、と清貴は落胆したようにうな垂れた。

「この部屋への侵入に関しては、振り出しに戻ってしまいましたね」

まーまー、と秋人は、そんな清貴の背を叩く。

「でもよ、どうにかしてこの部屋に入って毒薬と注射器を使ったのは、間違いなさそうだし、それが分かったのは進展だな」

珍しく落ち込んだ様子を見せていた清貴だが、あっけらかんと笑う秋人につられ、そうですね、と頬を緩ませる。

「さて、気を取り直しまして。薔子さん」

「は、はい」

「亡きお父様、義春さんについてお聞かせくださいませんか？」

にこりと微笑む清貴を前に、薔子は緊張に強張りながら、ぎこちなく頷いた。

2

一行は、応接室に移動し、薔子の話を聞くことになった。

「父――花屋敷義春は、優しい人でした」

と、薔子はしみじみと語り出す。

「私たちにはもちろん、血のつながらない百合子姉さんにも、とても親切で優しかった。けれど母はいつも、そんな父を視界に入れないように生活していたんです。普段無視をしているのに、父がちょっとでも気に入らないことを言うと、母は怒声を浴びせて、時に暴力まで……」

薔子は体を震わせて、自分を抱き締める。

清貴は膝の上で、花屋敷家のアルバムを開きながら話を聞いていた。

若き日の義春は、歌舞伎役者のように線が細い美男子だった。

華子の若い頃の写真もある。蘭子が言っていたように、百合子とよく似ていた。

秋人は、うーん、と解せなさそうに唸る。

「華子夫人は、借金に苦しんでいた義春氏を助けてまで結婚を希望したんだよな？　それなのに、どうしてそんな扱いをするんだ？」

「私にもよく分からないんですが……、もしかしたら、母は前夫を忘れられずにいたのかもしれません」

「なぜ、そう思われるんですか？」

と、清貴がすかさず問うと、薔子は弱ったように頬に手を当てる。

「母が、あんなに百合子姉さんを可愛がるのは、前夫を愛していたからではないかと思いまして」

華子が百合子を溺愛する理由を、次女の蘭子は、『ナルシシズム』と言い切ったが、薔子の言葉も一理あるように思えた。

「薔子さんは、お母様の前の結婚が破局した事情をご存じでしたか？」

少しは、と薔子は頷く。

「世間では、母の暴君ぶりに前夫が逃げ出したように噂されていますが、実際はそうではありません。百合子姉さんは六歳の時に病気になり、今のような状態になってしまいました。それを亡き祖父が、『婿である父親の遺伝子が弱いせいだ』と言い張り、母の前夫を追い出したのです。祖父としては、娘夫婦がなかなか男子を授からなかったことも気に入らなかったようですね。それも婿のせいだと……」

うわぁ、と秋人は顔をしかめる。

「とことん、自分勝手な人だったんだな」

遠慮のない秋人に、清貴は軽く咳払いをし、冬樹は露骨に睨む。

薔子は、その通りですね、と苦笑した。

「母も暴君と言われていますが、祖父には逆らえない人でした。母は祖父の命令で、花屋敷家を継ぐ男児を産むため、すぐに新たな夫を探さなくてはなりませんでした。ですが、悪名高い花屋敷家の二番目の婿になっても良いという方がなかなか現われない。祖父の秘書は婿になってくれそうな優秀な男性を何人も探し出して、母に写真を見せたそうです。その中から母が選んだのが父でした。容姿が良かったのと大人しいので、言いなりになってくれそうだと思ったのが理由だったのでしょう」

そこまで話を聞き、清貴は納得がいったように大きく頷く。

「それで華子さんは、長女である薔子さん、次女の蘭子さんと立て続けに出産し、最後に長男の菊男さんと、待望の男児を産んだわけですね」

「はい。母は、菊男を産んだのを最後に父との寝室を分けました。祖父はというと、菊男の誕生を泣いて喜んだという話です。祖父は菊男の成長を何よりも楽しみにしていたんですが、菊男が小学校に入学する前には、他界してしまいました」

ふむ、と清貴は、応接室の外に目を向けた。

「かつて、この家の玄関ホールに大きな絵が飾られていたようですが、今は外されていますよね？　それは、あなたのお祖父様、花屋敷一郎の肖像画だったのではないですか？」

薔子は、こくりと頷く。

「祖父が亡くなると、母はすぐに肖像画を取り外させて、庭で燃やしたんです。それはもう、躊躇もせずに」

闇が深いな、と秋人は顔をしかめる。

「華子夫人は、ご自身の父親を憎んでいたんですね……」

「そうだと思います。結婚も離婚も再婚も、祖父に強いられたことだったようですし」

「花屋敷一郎が亡くなって、華子夫人は自由になったわけです。彼女は、義春さんと離縁することを考えなかったのでしょうか？　不本意な結婚だったんですよね？」

そうですね、と薔子は俯く。

「……父は、母が大切にしている百合子姉さんにとても優しかったですし、基本的に害がない人なので追い出すようなことをしなかったのでしょう。離婚しても、世間がうるさくなるだけですし、仮面夫婦でいた方が楽だったのではないかと……」

仮面夫婦ですか……と清貴は洩らして腕を組む。

「そんな夫が失踪して、華子夫人は騒ぎ立てた。自殺と分かると、研究室に鍵を掛けて、誰も入らないようにした。何か奇妙だとは思いませんか？」

ええ、と薔子は頷く。

「ですが、母はいつもよく分からない人なんです」

その言葉には、実感が籠っている。

なぁ、と秋人が前のめりになった。

「もしかしたら、義春氏には愛人がいたのかもしれないぞ」

うん？　と清貴は、秋人の方を向く。

「つまりだ」

秋人は、すっくと立ち上がる。

「義春氏は愛人と駆け落ちを予定していた。いざ、決行したものの愛人は華子夫人を敵に回すのが怖くなって、『ごめんなさい、アタシ、義春さんにはついていけない。だって、あのおばさんが怖いんですもの』と拒否をした。一方、愛人との新生活にすべてを賭けていた義春氏は人生に絶望し、自殺を決意。ひょんなことから夫の裏切りを知った華子夫人は、『あなたが私を裏切るなんて、信じられない、私の言いなりだと思っていたのにっ！』

と激昂しながらも、『気が付いてしまったわ。私は、義春を愛していたの。ああ、あなた』

――という心境の変化があったんじゃないか？」

秋人はわざわざ身振り手振りに声色まで変えて、愛人と華子の役を演じながら話す。

清貴は感心したように、秋人を見た。

「秋人さんは、もしかしたら、本当に役者の才能があるかもしれませんね」

マジで？　と秋人は目を輝かせる。

「ええ、なかなかの表現力でしたよ」

「……清貴君、そういう無責任なことを言うのはやめてくれないか」

と、冬樹は額に手を当てていた。

でも、と薔子が口を開く。

「ありえるかもしれません。父は失踪前、少しイキイキしていたんです」

「どんな感じに？」

「どんなと言われましても……」

薔子は、必死に記憶を探っているようだ。

「そうそう、明るい様子なので、『研究が上手くいってるの？』と訊いたことがあるんです。

そうしたら父は、『研究は相変わらずだけど、新たな楽しみを見つけたんだ』と言っていまして……私は、何か新しい趣味に出会ったのかもしれない、と思っていたのですが」

新たな楽しみ……と、清貴はつぶやいて、眉根を寄せる。

その時、窓の外から、わあわあ、と子どもたちが元気に遊び回る声が聞こえてきた。

「よーし、菊正君、こっちだ！」

若い男がボールを手に大きな声を上げていた。

初めて見る顔であり、清貴は外を眺めながら、目を凝《こ》らす。

「あの男性は？」

ああ、と薔子は微笑む。

「菊正の家庭教師の江田正樹《まさき》さんです。やんちゃすぎる菊正を教えられる人がなかなかいなかったんですが、父が『良い人がいる』と彼を見付けてきまして」

「義春さんが……？　どういうお知り合いだったんでしょうか？」

「江田先生は、京大の学生さんなんですが、文筆家――作家でもあるんですよ。父は江田先生の作品を好んでいたそうです。彼は、子どもの扱いが上手だし、百合子姉さんにもとても親切で、菊男も正子さんも母も気に入っているんです」

へぇ、と清貴は目を光らせた。

「もしかして、お父様が元気になったのは、あの家庭教師が来た後からですか？」

その問いに薔子は少し考えてから、「そうかもしれません」と頷く。

「すげーな、どうして分かるんだ」

「心境の変化というものは、これまでとは違う何かがあって起こることが多い。義春さんにとって、彼は何かキッカケを与えた存在なのかもしれません。ぜひ、彼のことを知りたいですね」

「では、お呼びしましょうか？」

薔子が腰を上げようとすると、清貴は、いえ、と手をかざす。

「その前に、江田正樹という人物について知っておきたい。秋人さん、小松《こまつ》さんに連絡をして、彼のことを調べてもらうよう伝えてください」

「よっしゃ分かった。すみません、薔子さん、電話借りますね」

秋人は、勢いよく応接室を出て行く。

小松というのは、正真正銘の探偵だ。

調査能力が高く、清貴は調べ物をする際、彼に依頼をしている。

「事前に彼の情報を入手してから、お話を伺いたいと思います」

清貴はそう言って、意味深に口角を上げた。

3

その後、家頭邸に戻った清貴は書斎の椅子に腰を下ろすと、眉根を寄せたまま、両手を重ね合わせていた。

秋人はゲスト用のソファーで紅茶を飲みながら、美味《うま》い、と目を細めている。

「花屋敷家では、怖くて水も飲めなかったよ。俺に毒が盛られるとは思ってないんだけど、ほら、間違って入っていたらと思ったらさぁ」

秋人の軽口にも、清貴はポーズを変えないままだ。

「おっ、格好までシャーロックになりきるのか、ホームズ」

そう、清貴がしているのは、かのシャーロック・ホームズがしている仕草だ。

けらけらと愉しげに笑う秋人に、清貴は肩をすくめた。

「こうしていたら、何か分かるのではないかと思いましてね。本物の名探偵にあやかれたらと……」

清貴は、ふぅ、と息をついて、椅子にもたれる。

「おいおい、そんな寂しいことを言うなよ。しっかし、さすがのホームズも今回の事件は手を焼いているようだな?」

「そうですね。何もかもが奇妙なんです」

「奇妙?」

「緻密に計画を立てているようでいて、ずさんでしかないようにも感じられる。一貫性があるのかないのか……」

清貴は、椅子を回転させて、天井を仰いだ。

「どのあたりでそう思うんだ?」

「すべてですね。最初のミルクティー毒物混入事件も、二番目の梨への注入に関しても、そして研究室を見ても、いろいろと思うことがあります。ですが一番は『バイオリン』ですね。なぜ、あれをわざわざ凶器にしたのか……」

清貴は額に手を当てた。

書斎が静まり返ったその時、トントンとノックの音がした。

開けっ放しの扉の横には、よれたスーツに無造作な髪型の中年男の姿があった。

「珍しく、しけた顔してるんだな、あんちゃん」

「小松さん」

清貴は額から手を離して、にこりと微笑んだ。

彼は清貴が雇った探偵の小松勝也《かつや》だ。

「頼まれていたもの、調べておいたぜ」

小松はそう言って書斎に入ると、机の上に茶封筒を置いた。

「ありがとうございます」

清貴はすぐに、茶封筒を受け取って中を確認した。

「おっ、例の家庭教師のことだな?」

と、秋人も立ち上がり、机へと向かう。

そして、そこに書かれていた名を見て、んん? と顔をしかめた。

「佐伯《さえき》正樹? いやいや、コマッつぁん、家庭教師の名前は『江田正樹』だぜ?」

「それでいーんだよ」

小松は机に寄りかかるようにして、口に煙草を咥える。

マッチで火をつけ、ふーっと天井に向かって煙を吐き出した。

「この部屋は禁煙なんですがね」

清貴は不愉快そうに言いながらも、灰皿になる陶器の小皿を机の上に置いた。

小松は、悪い、と笑って、灰を皿に落とす。

「彼は小説家だ。『江田正樹』っていうのは筆名で、本名が佐伯正樹なんだよ」

清貴は調査報告書を眺めながら、ふむ、と頷く。

「京大の学生というのは偽りのないことのようですね。芥川龍之介《あくたがわりゅうのすけ》に憧れて作家を志《こころざ》し、雑誌の小説賞で佳作入賞。短編小説などを刊行している……」

「もっと読んでみろよ。驚くべき事実がある」

小松は横目で清貴を見て、ニッと笑った。

「ええ。義春さんが家に招いた家庭教師には、何かがあると思っていましたが、まさかこんなつながりがあったとは……」

清貴は机の上に書類を置いて、引き出しから謝礼が入った白い封筒を取り出した。

「小松さん、本当にありがとうございました」

「毎度」

小松はその封筒を懐に入れて煙草を咥えたまま、書斎を後にする。

さて、と清貴は立ち上がり、

「花屋敷家に戻り、家庭教師に詳しい事情を訊かなくてはなりませんね」

インバネス・コートを羽織り、そのまま歩き出す。

「あ、おい、ちょっと待ってくれよ。俺も行く」

秋人は紅茶を飲み干し、慌てて清貴の後を追った。

第四章　当主と青年の出会い

1

花屋敷家に戻ると、家庭教師の江田正樹と菊正、菊次郎の三人は、広い庭で追いかけっこをしているところだった。

江田は、菊正の背中をタッチして、いたずらっぽく微笑む。

「ほら、これでおしまいだ、僕の勝ちだね。それじゃあ、菊正君は問題集をやろう」

菊正は、ちぇっと口を尖らせながらも庭のガゼボに入って、椅子に腰を下ろしている。

その様子を、母親の正子が少し離れたところから微笑ましそうに眺めていた。

清貴と秋人は、そんな彼女の許へと歩み寄る。

「正子さん」

清貴が会釈をすると、正子は、あら、と振り返った。

「こんにちは、家頭さん」

清貴は、こんにちは、と返して、ガゼボに顔を向ける。

「菊正君と江田先生の相性は良いようですね」

そうなんです、と正子は嬉しそうに目を細める。

「こんなに家庭教師の先生に打ち解けるなんて、江田先生が初めてです」

「彼は、子どもの扱いが上手なんですね？」

「ええ、とても。菊正は体力を持て余している子なんですが、江田先生はいつも、すぐに勉強に取り掛からず、まず遊びを兼ねた運動をさせて、発散させてくれるんですよ。今日も、かくれんぼ、鬼ごっこをしてから、菊正に勉強を……」

正子はそう言った後、そうそう、と思い出したように清貴を見た。

「薔子さんに伺いましたよ。家頭さんは、江田先生のお話を聞きたいとか……？」

ええ、と清貴は答えて、正子を見た。

「なんでも、江田先生を紹介したのは、義春さんだったとか」

「はい。お義父様は、小説家の江田先生のファンだったそうで。たまたま家の前で江田先生と出会ったのがキッカケだったとか」

「――家の前で？」

「たまたまというわけでもないようなんですが、江田先生は、花屋敷家の建物が好きで、何度も見にきていたそうなんです。お義父様はその様子を研究室の窓から見ていて、もしや泥棒の下見かもしれない、と確認しに行ったら、雑誌で見た作家さんだったと」

話を聞き清貴は、へぇ、と洩らす。

「そうした事情があったんですね。そこから、どうして家庭教師の話に？」

「江田先生が京大の学生で、家庭教師もやっていると知って、お義父様が持ち掛けたようです。お義父様は、私が菊正のことで悩んでいたのを知っていたので……」

と正子は、はにかむ。

「正子さんは、義春さんと親しくしていたんですか？」

「そうですね。お義父様も私も、同じ『花屋敷家のよそ者』なので気にかけてくれていました」

「そうでしたか。話を聞くと義春さんは、この家で身の置き場がなかったとか」

ストレートに問うた清貴に、正子は遠慮がちに頷いた。

「お義母様とは寝室も別でしたし、何かあったらいつもなじられていました。お義父様はいつも我慢をされていて……あまりに溜《た》め込《こ》むと、腕に湿疹《しっしん》が出るんですよ。痒い痒いといって、よく皮膚にクリームを塗っていて……お可哀相でした」

正子の瞳には、同族を憐《あわ》れむ憂いを帯びた色があった。

「そういえば、薔子さんから伺ったのですが、義春さんは失踪前、『楽しみを見付けた』とイキイキしていたという話なのですが、正子さんは何かご存じありませんか？」

「イキイキ……？」

正子は記憶を探るように、眉間に力を入れている。

ややあって、もしかしたら、と洩らした。

「江田先生に、小説の書き方を教えてもらうことにした、と話していたことがあります。それのことでしょうか？」

「小説を？」

清貴は、ぱちりと目を見開く。

「その後、お義父様に『小説は書けていますか？』と訊いたら、『なかなか難しいものですね』と話していたんですが……」

「小説ですか……」

緩やかに上がった清貴の口角を見て、秋人は目を光らせた。

「ホームズ、何か分かったのか？」

今のところは何も、と清貴は秋人を軽くいなして、正子に視線を移す。

「ちなみに正子さんと菊男さんとは、どのような出会いでご結婚を？」

出会いだなんて、と正子は自嘲《じちょう》気味《ぎみ》に笑う。

「今どきの若い人の間で流行りはじめているような、『恋愛結婚』ではありません。見合いで結婚しました。私の家は、すっかり没落していますが元華族でして、夫はそうした血筋に惹かれたと言ってくれました。夫も最初は優しかったんですよ」

結婚当初を思い浮かべているのか、正子は遠くを眺めるような目を見せている。

「菊男さんは、あなたに当たりが強かったようですが、暴力を受けたことは？」

ぴくりと正子の肩が震えた。

「主人が私をぶつ時は、私が悪いんです……」

まるで自分に言い聞かせるかのように嘯《うそぶ》いて、正子は目を伏せる。

「……華子夫人が、あなたをぶつ時もそうですか？」

いえ、と正子は顔を上げた。

「お義母様は、私を激しく叱責《しっせき》しますが、手を上げることはありません。夫や子どもたちには容赦なく手を上げるのですが……」

清貴は一瞬目を見開き、そうでしたか、と腕を組む。

「ご自分が叩かれないとはいえ、可愛い子どもたちに手を上げられるのは、見ていて辛いですね」

「……」

「華子夫人は、百合子さんにだけはあんなに優しいというのに……」

その言葉に、正子は顔を歪ませた。

「もしかして、私を疑っておられます？」

「いえいえ、そんなことは」

清貴は微笑んで手をかざしたが、一歩後ろで秋人が、そういえば、と眉根を寄せる。

正子は、やんちゃな二人の息子を育て、横暴な姑と夫に苦しめられているため、随分と所帯じみて見えるが、まだ二十代の女性——薔子や蘭子より若いのだ。

「江田先生を呼んできますね」

正子は逃げるように、ガゼボへと向かった。

「正子さんの肌も綺麗だったなぁ」

独り言のようにつぶやいた秋人に、そうですね、と清貴は頷く。

秋人は続いて、でもよ、といつものように頭の後ろで手を組んだ。

「『肌すべすべ問題』について、俺、ちょっと思ったんだけど」

はい、と清貴は秋人に視線を送る。

「華子ばーさんがひっくり返した天花粉が、犯人の頬についたから、ってのもあるんじゃねぇ？」

えっ、と清貴は眉根を寄せた。

「おしろいとか頬に付けたら、男でもすべすべになるじゃん？」

「そうなんですか？」

清貴は思わず前のめりになった。

「お前、顔におしろい、つけたことねぇの？」

「ないですよ。逆にあなたはあるんですか？」

「色男のたしなみだよ」

胸を張る秋人に、清貴は少し呆れたように肩をすくめる。

「僕は色男ではありませんから。ですが、そう言われてみればそうですね。たしかに肌に粉を付けると、すべりは良くなりますね」

「やだ、なんかいやらしい」

と、秋人はわざとらしく、口に手を当てる。

清貴はそんな彼を無視して、考え込むように目を伏せる。

「そして犯人は靴だけじゃなく、服にも天花粉が付いていたはず……」

その時、少し離れたところをメイドが歩いているのが見えた。彼女は、トレイを手にしている。ガゼボに茶菓子を運ぶ途中のようだ。

「あの、すみません」

清貴は駆け寄って、メイドを呼び止める。

彼女は、なんでしょうか、と足を止めて、会釈をした。

「最近、不自然に汚れた服を洗濯した覚えはありませんか？」

犯人の服には、天花粉が付いている。

それを隠すために、他のもので汚している可能性は大いにあった。

メイドは少し考え、いいえ、と首を振る。

「洗濯物に、特に変わったことはなかったです」

「そりゃそーだろ、ホームズ。犯人は靴を裏の林に捨ててるんだ。服だって洗濯したりせず、どっかに捨ててるんじゃねぇ？」

と、秋人があっけらかんと言う。

「僕も最初はそう思ったんですが、靴が発見されたのに服は見付かっていないので、もしやと思いまして……」

そんな話をしていると、ガゼボの方から家庭教師の江田正樹がやって来た。

「あの家庭教師、なんか、うちの弟の春彦に似てるなぁ」

そう洩らした秋人に、清貴は「たしかに、似た感じですね」と同意した。

江田正樹は、柔らかく優しげな雰囲気を持っている。

誰しもに親切だという話も納得できる好青年だ。

「こんにちは」

彼は会釈をしながら、清貴を前に戸惑った様子を見せている。

「僕の話を聞きたいそうですが、何か……？」

自分が疑われているのではないだろうか、と心配しているのか、顔が強張っていた。

「こんにちは、江田先生。実は亡くなった義春さんのことで、お話を伺いたかったんです」

「義春さんの？」

義春と聞いて、江田は安堵の声を上げる。

清貴は、ええ、と頷いて、にっこりと微笑んだ。

2

清貴と秋人は、江田正樹と応接室で話すことにした。

そこに冬樹の姿はなかった。彼は他の警察官とともに庭の調査をしている。

「一年前のことですね。僕は瀟洒《しょうしゃ》な洋館が好きで、この花屋敷邸を何度も見にきていたんです。そうしたら、義春さんに不審者だと思われたのか、『うちに何か用ですか』と声を掛けられまして……」

たった一年前の話なのだが、江田はずいぶん昔のことを語るかのように、懐かしそうに目を細める。

「義春さんは、作家であるあなたのことを知っていたんですね？」

「はい。作品の話をするうちに親しくなりました。僕がアルバイトで家庭教師をやっていることを伝えたら、『うちの孫を見てほしい』と……」

そうでしたか、と清貴は相槌をうつ。

「ところで、あなたは本当に、この家の建物を見るのが目的だったのでしょうか？」

そう問うた清貴に、江田は顔をしかめる。

「どういうことですか？」

「この家には、美しい女性がたくさんいます」

そう続けると、江田の表情が和《やわ》らいだ。

「あー、まぁ、そういう下心もなくはなかったですかね」

内緒でお願いしますよ、と江田は人差し指を立てる。

すると秋人が、おっ、と目を輝かせて身を乗り出した。

「お目当ては誰なんすか？　薔子さん？　蘭子さん？」

いやいや、と江田は気恥ずかしそうに頭に手を当てている。

「――百合子さん、ですよね」

清貴の言葉に、江田は動きを止めた。

「あなたが見ていたのは、屋敷ではなく、庭で日光浴をしている百合子さんの姿だったのでしょう？」

秋人は、あー、と大きく首を縦に振る。

「そういや百合子さんも外に出るんだよな。たしかに彼女もすごく綺麗な人だ」

「あ、まぁ、百合子さんも美しいですが、彼女にそうした想いは……」

江田はそこまで言って言葉を濁す。

「そうですね。彼女は、あなたの『お姉さん』ですからね」

微笑みながら言った清貴に、江田は、えっ、と訊き返した。

「え、ええと、何を突然……」

江田は顔を引きつらせながら言う。

「今回の事件の真相を突き止めるために必要だと判断したので、失礼ながらあなたのことを調べさせてもらったんです。江田先生——いえ、佐伯正樹さん。あなたのお父様は華子夫人の前夫、佐伯正孝だった。つまり、あなたは百合子さんの異母弟」

江田は、虚を突かれたように目を見開いた。

沈黙が訪れる中、江田がごくりと喉を鳴らす。

しばし黙り込んでいた江田だったが、すべてを知り尽くしているという雰囲気を醸し出している清貴を前に、観念したようにため息をついた。

「さすが、噂の名探偵ですね」

あんたのことを調べたのは、別の探偵なんだけどな、と秋人が小声で囁く。

そんな秋人を無視して、清貴は話を進めた。

「江田先生に伺いたかったんです。義春さんは、そんなあなたの正体を知って、その上でこの家に入れたんですね？」

そうです、と江田は頷く。

「……僕の父は、花屋敷家から追い出された後、京都を離れて、四国に移り住みました。そこで母と知り合い、僕が生まれたんです。父の過去について直接聞かされたことはなかったんですが、人づてに噂を聞き、父に確かめたところ、本当のことを教えてもらいました。僕には、異母姉がいるということも」

単純な好奇心でした、と江田は話を続ける。

「僕は一人っ子だったので、僕の姉はどんな人なのだろうと。百合子さんの目と耳が不自由という話ももちろん聞いています。大金持ちの屋敷で——可哀相な目に遭っているのではないか、と勝手に心配もしていました」

彼は本当に優しい人間なのだ、と清貴と秋人は感心しながら話を聞く。

「いつしか僕は京都に住みたいと思うようになり、京大を目指しました。無事、入学もできました。僕は遠くからでも姉を見てみたいと屋敷に通うようになりました。百合子さんはその名の通り、百合のように清楚で美しい女性でした。いつも穏やかに微笑んでいて、柔らかい雰囲気で、天使のような人だと思ったんです。姉なのに、恋に似た感情を抱きました。僕はそうした想いを抑えきれず、筆を取り、小説を書いたんです」

「それが入選したわけなのですね？」

はい、と江田は答える。

「ですが、百合子さんへの想いが消えるわけではありません。つい何度も屋敷に……」

「そうしているうちに、義春さんに見付かってしまった」

「そうです。その時、僕は誤魔化さずに、すべてを正直に伝えたんです。そうすることで、僕は拒絶されるだろうし、そうしたら本格的に諦めもつくだろうと」

「ですが、義春さんは、あなたを受け入れた」

こくり、と江田は頷いた。

「そういうことでしたか……」

清貴は優しい口調で言うと、ところで、と顔を上げた。

「義春さんは、あなたに小説の書き方を教わっていたという話を伺ったのですが」

話題が変わったことで、江田は少しホッとしたように胸に手を当てる。

「ああ、はい。でも、僕自身はお役に立てなかったんです」

秋人が、へっ、と目を瞬かせる。

「え、どうして？」

「義春さんが書きたい小説と、僕が書いている小説ではジャンルが違うんです。ですので、上手にアドバイスができなくて……」

ジャンルって？　と、秋人は首を傾げる。

「僕は一応、芥川龍之介に憧れていたのもあって、純文学作品を書いているんです。義春さんは、江戸川乱歩のようなミステリー小説を書きたいと言っていましてね」

ミステリー小説……と、清貴は顎に手を当てる。

「ええ、義春さんは『すごくいいアイデアを思い付いたから、どうやったら上手く書けるのか教えてほしい』と仰いましてね。でも、僕は畑違いのものを書いているうえ、新人です。教える自信がなくて、付き合いのある出版社の編集者を紹介したんですよ。編集者は『花屋敷家の当主が書いたものなら、注目を集めるに違いない』と喜んで協力してくれました」

「ですが、結局、その小説は書き上がらなかったんですね？」

いいえ、と江田は首を振る。

「書き上げられた、と言っていましたよ」

おや、と清貴は意外そうな声を上げる。

「それでも刊行には至らなかったということは、やはり出版物としては難しかったということでしょうか？」

「それが、そもそも、編集者に渡していなかったようです」

「どうしてですか？」

さあ……、と江田は首を捻る。

「義春さんは完璧主義なので、思ったような出来にならなかったのかな、と思っていました。あと、義春さんにとっては処女作になるわけですから、思い入れも強くなる。そうなると、『この作品を否定されたらどうしよう』と不安になってくるんですよ」

清貴は、へぇ、と洩らした。

「そういうものなんですね。僕は、小説というものを書いたことがないので、よく分からないのですが……」

そういうものですよ、と江田は笑う。

「義春さんが自殺したのは、それからすぐのことですか？」

「……そうですね。実は義春さんが亡くなる少し前に、四国にいる僕の父が亡くなったんです。それで僕はしばらく実家に帰っていたんですよ。義春さんは、『大変だったね』と、わざわざ実家に電話をくれたんです。これは、後から分かったんですが、その電話は、自殺の直前、神戸の旅館からかけてきてくれていたんです」

「そうだったのですか……」

清貴は神妙な顔で、相槌をうつ。

「今回の事件ですが、あなたにとってとても大切な百合子さんの命が狙われたわけですよね？　どう思われましたか？」

「それはもちろん、憤《いきどお》りしかないですよ。でも……」

そこまで言って江田は、表情を曇《くも》らせる。

「何か思うことがあるんですか？」

「犯人は、本当に百合子さんを殺すつもりだったのだろうか？　と疑問に思うんですよ」

清貴は思わず前のめりになった。

「なぜ、そう思われるんですか？」

「僕は毒物にそれほど詳しくないのですが、おそらく無味無臭ではないと思うんですよ。百合子さんは目と耳が不自由な分、他の感覚がとても鋭いです。もしミルクティーに毒物を入れられていたら、鼻を近付けただけで飲まないと思いますし、はたまた毒を注入された梨なんて、触っただけで『腐っている』と判断して、口に入れたりはしないと思うんですよ」

そう言った江田に、清貴は大きく目を見開いた。

「ほんまや……」

清貴は感情が高ぶると、京都弁になる。顔色を失くして、口に手を当てていた。

「分かった。すべては、カムフラージュやったんや」

「どういうことだよ、ホームズ」

「今回の事件は、『百合子さんを狙っている』と見せかけて、実は華子夫人を狙ったものだったんです」

そう、犯人の真の目的は、華子の殺害。

毒入りの梨は、隠《かく》れ蓑《みの》にすぎなかったのだ。

犯人の思惑にようやく気付いた清貴は、ちっ、と舌打ちした。

「ったく、僕はどんだけアホやねん」

清貴は吐き捨てるように言って、頭を抱える。

その横で秋人が顔を引きつらせながら、まあまあ、となだめた。

「ホームズ、そんなに落ち込むなよ。だってそれは百合子さんをよく知らないと、気付かないことだろうしよ」

江田も、そうですよ、と続ける。

二人の慰めも、清貴には届かないようで浮かない表情のままだ。

「ええ。犯人は、間違いなくこの家のことを知り尽くしている者です。僕が分からへんのは、周到で綿密な計画と見せかけて、時にそうではない。それもすべて計算のうちなのか……あれもこれも分からへん」

清貴は黙り込み、少しの沈黙が訪れる。

秋人は、うん？ と顔をしかめ、

「なぁ、変な臭いがしねぇ？」

くん、と鼻を鳴らした。

「臭い……？　たしかに焦《こ》げ臭《くさ》いような」

——その時、

「大変だ、研究室が火事だ！」

菊男の声が、廊下に響いた。

清貴は立ち上がり、応接室の扉を開ける。二階から、白い煙が流れてきていた。

秋人と江田も立ち上がり、勢いよく応接室を出た。

菊男、薔子、蘭子が悲鳴を上げて二階から駆け降りてくる姿が見える。

彼らとは入れ違いでコックやメイド、庭師たちが一斉に、消火器やホースを持って二階へと駆け上がっていく。

「皆さん、研究室にはさまざまな薬品があり、爆発する可能性があります！　どうか外に逃げてください！　それよりも消防を！」

清貴が声を張り上げたが、皆は消火に懸命で聞こえないようだ。

「研究室……大変だ、百合子さんがっ！」

江田は真っ青になって、躊躇もせずに階段を駆け上がっていく。百合子の部屋まで行き、彼女がいなかったことで気付いたのだろう。ややあって、「そうだ、百合子さんはこの時間、食堂だった」と駆け足で下りてきた。

そう、今は午後三時。百合子はティータイムで、一階の食堂にいた。

彼女は、煙の臭いに戸惑ったような顔を見せている。

「百合子さん、ああ、良かった。外に出ましょう」

江田はすぐに百合子を抱えて、屋敷の外に出た。

玄関ホールでは、正子が「どうしましょう」とオロオロしている。

「ああ、正子さん、すぐに消防に連絡を！」

「は、はい」

庭に警察官がいたのが、不幸中の幸いだった。

外にいた冬樹は、二階の窓から不審な煙が出ているのにいち早く気付き、消防に連絡をしていたのだ。

ほどなくして消防自動車は、かん高い音を立て敷地内に入り、消防士たちが手際よく消火活動にあたった。

火は三十分ほどで消し止められ、薬品が爆発することもなく、怪我人も出ずに済んだ。

4

しばらくして、清貴と秋人は、冬樹とともに研究室に入った。

部屋中、水びたしだ。

どうやらカーテンが火元のようで、ほとんど燃えかすになっていた。

窓は割れて床にはガラスが散乱し、壁は真っ黒に焦げている惨憺《さんたん》たる有様だが、棚が窓際から離れていたおかげで、薬品は無事だった。

だが、今は棚の中に薬品は、ほとんどない。

消火活動の際、消防士たちが『危険だから』と、いち早く回収したためだった。

冬樹は、はぁ、と息を吐き出した。

「これじゃあ、また毒物を盗まれていても分からないな」

「これって、間違いなく放火だろ？　もしかして毒物を盗むために放火したとか？」

秋人は、ほぼ空になった棚を見た後、清貴の方を向いた。

「それはどうでしょう。既に何度も毒物を盗み出しているのですから、今さら、わざわざ火事を起こさなくても……」

清貴は、よく分からない、という様子で、顔をしかめる。

「となると、やはり証拠の隠滅か？」と冬樹。

「まぁ、それが濃厚ですね。この部屋に何があったのか……」

清貴はぶつぶつと洩らしながら、棚に目を向け、「うん？」と目を凝らした。

棚の最上段に、チューブタイプの軟膏薬《なんこうやく》が残っていたのだ。

それは、指の跡がついていた段のすぐ上だった。よく見ると、皮膚炎の薬だ。

先日ここを見た時にもあったが、毒薬ではなかったので気に留めていなかった。

「そういえば、正子さんが言っていましたね。義春さんはストレスが溜まると、湿疹が出てしまう体質だったと……」

清貴は手袋をはめたままの手で、それを取り、蓋を開ける。

ふんわりと甘い香りがした。

「――これでしたか……」

と、清貴は息を吐き出すように言う。

「え、なんだよ？」

秋人は首を伸ばして、軟膏薬に鼻を近付けた。

「バニラの香り……だよな？」

「ええ。これは、義春さんが使用していた皮膚の薬です」

秋人は、なんだそれ、と両手で頭を抱え、隣で冬樹も乾いた笑いを浮かべている。

「もし、義春氏が生きていたら、間違いなく最有力容疑者だな」

「同感ですね」

清貴が頷いたとき、

「――お父様よ」

と、扉の方で怯えたような女性の声がした。

三人が顔を向けると、薔子が青い顔を浮かべている。

「この事件の犯人は、お父様よ……」

ですが、と冬樹が困惑したように言う。

「薔子さん、あなたのお父様は……」

「ええ、そうよ、すでに亡くなっているわ。これは、お父様の亡霊が引き起こしているのよ。お父様は、百合子姉さんに優しかったけど、本当は憎んでいたのよ。そして母のことも。これはお父様の復讐なのよ！」

薔子は大声でそう言うと、ああっ！　とその場にしゃがみ込む。

「薔子さんっ」

冬樹はすぐに薔子の許に駆け付け、その体を支えた。

「一階で休みましょう。疲れているんですよ」

そう言いながら、冬樹は薔子に寄り添うようにして一階へと向かった。

秋人は二人を見送った後、振り返って清貴を見る。

「ホームズ、俺らも一階に行くか？」

「いえ、僕はもう少しこの部屋を調べます」

「じゃあ、俺も付き合うよ。にしても、どうやって忍び込んだんだろうな」

この研究室の鍵は、念のためと冬樹が預かっていた。

「もしかして兄貴、知らない間に鍵を盗まれていたりして？」

「今、ここに入るのに、冬樹さんが開錠していたのを見たでしょう？」

「あ、そうか」

そんな話をしながら、清貴はぐるりと部屋を見回して、考え込む。

ふと、暖炉に目を留めて、清貴は「――あっ」と口を開いた。

あっ？　と、秋人は、清貴の方を向く。

「僕としたことが……先ほどの件といい、もう『探偵』を名乗るのはおこがましいですね。

秋人さん、僕を冗談でも『ホームズ』と呼ぶのをやめてもらえますか？　本家に申し訳ない」

「えっ、ホームズ、何言ってんだよ？」

「今さらながら、出入口が分かったんですよ」

清貴は恥じるように言って、暖炉の前に腰をかがめる。

秋人は、暖炉？　と目を凝らした。

「でも、暖炉は侵入不可能なんだろう？　煙突が塞がれてるから、って薔子さんが言ってたじゃん」

そこまで言ったところで、秋人は「あーっ」と声を張り上げる。

「ホームズ、俺にも分かっちまった」

「分かりましたか？」

「犯人は、薔子さんなんだな？」

「どうして、そう思われますか？」

「煙突のことだよ。煙突が塞がれてるってのは、薔子さんの話を聞いただけで、俺たちは実際に塞がれているかどうか確認していない。でも、本当は侵入できるんだよ」

「……それで、薔子さんはあの華奢な体で屋根に上り、煙突から研究室に侵入したと？　今は警察が庭を捜索していたんです。そんなことをしたら目立つのでは？」

「兄貴にすり寄って、気付かれないように鍵を盗ったんじゃねぇ？　そしてこっそり戻した。大体、ああいう善人っぽい、才色兼備こそ怪しいんだよ。そう思わねぇ？」

目をキラキラさせて問う秋人に、清貴は、ふっ、と頬を緩ませた。

「薔子さんの証言が嘘だったかもしれない、というところまで良かったですが、他が弱いですね。あと、ひとつ。僕は警官たちにお願いをして、本当に煙突から入れないのか、ちゃんと調べてもらっているんです」

「あ、そうなんだ」

秋人は、がっかりしたように肩を落とす。

「それじゃあ、出入口ってどこだ？」

「暖炉です。ですが、煙突から侵入したのではありません。普通、家に複数ある暖炉は、煙突を共有しているものです。現にこの家に煙突は一つしかない。そして、このすぐ隣の部屋にも暖炉はあったでしょう？　ということは――」

清貴は暖炉に入って、中を確認する。

鉄板で仕切られていたが、それを外すと少しの空洞があり、その斜め向こうにも鉄板があった。

それを外すと――。

「うおっ、向こうの部屋が見える！」

「ええ。犯人は暖炉を通って、この部屋に入っていたわけです」

清貴はそこまで言い、口を噤《つぐ》んだ。

鉄板と鉄板の間の細い空間に何かを見付けたようで、腕を伸ばしている。

「何かあったのか？」

「封筒が……」

清貴は茶封筒を手に暖炉から出て、体に付いたすすや埃を払う。

もしかして、と秋人が歩み寄る。

「犯人はそれを燃やすために放火を？」

「それは違うと思います。この書類を処分するのに、わざわざ部屋ごと燃やす必要はないでしょう。それに、もし部屋とともにこれも燃やしたいなら、暖炉と暖炉を隔てる二枚の鉄板の間に隠したりせず、カーテンの側に置いておくでしょうし」

清貴はそう言いながら、茶封筒の中を確認する。

中には、原稿用紙が入っていた。

一枚目には、こう書かれている。

【探偵小説概要】

題名（仮題）『華麗なる一族の悲劇』
著者　花屋敷義春（仮名）
時代背景　現代
舞台　京都でもいいが、あえて特定はさせなくても良い。
構成　一人称

「――っ！」

清貴と秋人は、互いに顔を見合わせる。

「もしかして、義春の書いたという小説か？」

「いえ、完成したものではなく、ここに記されているように、これは義春さんの小説の『概要』のようですね」

清貴はそう言って二枚目を確認する。

花屋敷義春の概要は、次のようなものだった。

＊

■登場人物（人物名は後に少し変更する）

〈花屋敷家〉

義春（私）　犯人。被害者の夫。

華子（妻）　暴君。被害者。

百合子（継娘）　犯人の継娘。目と耳が不自由。

菊男（長男）　姉弟の順番は、現実と変える。

薔子（長女）　人格者のため、心理的容疑者に。

蘭子（次女）　舞台を賑やかす。

正子（菊男妻）　優しい女性。心理的容疑者2（孫たちは登場させない）

・その他の登場人物

江田正樹（家庭教師）　好青年。百合子に想いを寄せる。

メイド、コック、庭師など。

■大まかな流れ

第一の犯行（詳細は後に記載）
百合子の紅茶に毒物（ストリキニーネ）が混入される。
※百合子が、毎日午後三時に茶菓子を食べる習慣があることを先に明記。
だが、これは未遂に終わり、百合子は死なない。
毒物が入っていることを明確にするために、飼い犬などが毒を舐めて死ぬという描写を入れる。

第二の犯行
華子と百合子の寝室に毒入りの梨が置かれる。
毒は、注射器で注入。中身は塩化第二水銀。
※ただし、これは真の犯行を隠すもの。なぜなら百合子は腐ったものを食べない。

■真の犯行

華子の殺害。寝室に侵入して、鈍器でなぐって殺す。

侵入の際、犯人は菊男のズック靴を履く。靴に塩化第二水銀をつけておく。

そのため、菊男が犯人だと疑われる。

この間に、花屋敷家、そして花屋敷華子がどれほど横暴で、残酷だったかを書く。

■犯人について
自分を長年、虐げてきた花屋敷華子に深い恨みを持つ。

これは復讐劇である。

華子を殺害後、いきなり百合子の命が狙われなくなるのは不自然なので、もう一度毒を盛る。

(それは未遂に終わらせるか、決行するかは未定。百合子には個人的に恨みはないので、未遂でも良い)

■犯人が気を付けること
常に手袋をはめ、決して指紋は残さない。

良い人物であり、犯罪の話題になっても、動揺《どうよう》しない。

■犯人が残した手掛かり
華子を殺害した際、百合子に自分の匂いを嗅がせる。

(皮膚炎に使うバニラの軟膏)

その匂いが手がかりとなり、私が犯人だと特定される。
※探偵役は、必要。江田正樹が適役だろうか?

■犯行の詳細―――――

*

概要の後半は、どのような手順で罪を犯していくのか、詳細に記されていた。

そっか、と秋人は腕を組む。

「犯人は、この概要を参考にしたわけだな」

「そのようですね。そして、なるほど、そういうわけでしたか……」

原稿用紙を持つ清貴の指先が、小刻みに震えている。

「ホームズ？」

秋人が視線を合わせると、清貴は歪んだ笑みを浮かべていた。

思わぬ迫力に、秋人は言葉を詰まらせ微かにのけ反った。

「これで分かりました」

「分かったって、犯人がか？」

はい、と清貴は強い眼差しを見せた。

「この概要で？」

「ええ、すべての謎が解けました」

俺にはちっとも分からない、と秋人は目を皿のようにして原稿用紙を眺める。

「だって、この小説の概要では、義春自身が犯人だろ？」

「詳細は、後ほど説明します。とりあえず、僕は義春さんについて詳しく知りたい。まずは、担当した編集者にお話を伺わなくては……」

そう言って清貴は、颯爽と研究室を出て行った。

「あ、ちょっと待てよ」

秋人は慌てて、清貴の後を追う。

それは、最終章の幕開けだった。

第五章　そしてすべてが明らかに

1

研究室が放火された翌日の午後三時。

清貴は、『事件のことで分かったことがある』と花屋敷一族を一階の食堂に招集した。

皆が集まるとはいえ、百合子のミルクティーがいつものように午後二時五十分に用意されているのは変わらない。

メイドは、皆よりも早く百合子のミルクティーを用意し、いつもの場所——彼女の席に置いた。

メイドはそのまますぐに、台所へと戻る。

これから、全員分のミルクティーと焼き菓子の用意をしなくてはならないからだ。

食堂に人影がなくなった時、ある人物がこっそりと顔を出した。その人物は躊躇《ためら》いもせずに百合子のミルクティーに液体を入れて、何食わぬ顔で食堂を出て行く。

それは、清貴がもっとも恐れていたことだった。


花屋敷家の人間が食堂に集まったのは、それから五分後のことだった。

薔子、蘭子、菊男、正子、菊正、百合子、江田正樹が食堂を訪れると、全員分のミルクティーと焼き菓子がテーブルに用意されていた。だが、幼い菊次郎は昼寝中ということで、ここにはいない。

皆は迷いもせずに、椅子に腰を下ろす。

各々の座る席は、いつも決まっているのだ。

清貴は椅子に座らず、長方形テーブルの短辺の位置に立ち、皆を眺めている。

壁際には、冬樹と秋人、そしてメイドたちが見守るように立っていた。

菊男は躊躇いがちに、清貴を見上げる。

「事件で分かったこととは？」

「もしかして、犯人が？」

と、蘭子が興奮気味に、清貴を見た。

薔子は何も言わずに、顔を強張らせている。

正子と江田も緊張の面持ちだ。

百合子は、ひらがなボードにより、ここで大事な話があることは聞かされているが、今の時点では自分が情報を得られないのを悟っていて、ゆったりとミルクティーを飲んでいた。また、菊正も自分には無縁のことと、話よりも焼き菓子に夢中で、クッキーを頬張り、ミルクティーを飲んでいる。

「――はい、犯人が分かりました」

清貴は皆を眺めたまま、強い口調で言う。

一同は言葉を詰まらせて、揃って息を呑んだ。

「まず、事件について整理をしたいと思います。二か月前、この家の当主・花屋敷義春氏が、大阪港で水死体で発見されましたね」

そこまで言って一度、言葉を区切る清貴に、薔子は恐ろしげに瞳を泳がせて訊ねた。

「もしかして、その水死体は別人で、お父様は生きていた？」

そういうことか、と菊男と蘭子も目を見開く。

「犯人は、父さんだったのか！」

「この屋敷のどこかに隠れているのかしら？」

どこからか義春が姿を現わすのでは、と皆は周囲を見回す。

こほん、と清貴は咳払いをする。

皆は口を噤んで、清貴を見た。

「あの水死体は、義春さんで間違いないでしょう。彼は亡くなっています」

その言葉に皆は、安堵とも落胆ともつかない表情を浮かべる。

「ですが、義春さんが犯人だというのは、あながち間違いではありません」

「それは、どういうことだ？」

と、菊男が顔をしかめる。

「その説明の前に話を戻しましょう。義春さんが失踪後、華子夫人は夫――義春さんの研究室に鍵をかけて、誰も入れないようにしました。その鍵はたったひとつしかなく、華子夫人がいつも腰ベルトにつけていた。従って研究室は、誰も入れない状態でした。研究室が開かれたのは、義春さんの遺体が発見されて、警察が中を確認した時のみだったと。その後、研究室は再び開かずの間になりました」

そうでしたね？　と確認する清貴に、皆は無言で頷く。

「それから二か月後、この食堂で百合子さんのミルクティーに毒が入れられました。種類は、ストリキニーネの錠剤です。それは菊正君が一口飲んだことで発覚しました」

話を聞きながら菊正は、うんうん、と相槌をうっている。

その時の苦い思い出が蘇ったのか、表情は険しい。

「第二の事件はそれから一週間後。犯人は菊男さんのズック靴を履き、注射器を持って、華子夫人と百合子さんの寝室に侵入しました。犯人は注射器を使って、梨に毒薬を注入。その時、華子夫人は朝風呂に入っていて、浴室から出てきたところを犯人と鉢合わせしてしまう。犯人はバイオリンで華子夫人の頭を強打。その衝撃で、華子夫人が手にしていた天花粉が床に散乱し、犯人の靴にもつきました。ちなみに凶器として使用されたバイオリンは、一階応接室のものです」

清貴はそこまで言って、ふぅ、と息を吐き出す。

「この時は眠っていた百合子さんでしたが、気配を感じて目を覚ましたことで、犯人に接触しています。犯人の顔に手を触れた百合子さんの証言によると、犯人の頬は『すべすべした美しい肌をしていた』と。また犯人から『バニラの匂いがした』と」

その時のやり取りをよく覚えてる薔子と蘭子は、強く相槌をうっている。

「不幸中の幸いで、華子夫人は一命を取り留めました。医師の話では、まだ意識は戻っていないものの回復に向かっているそうです」

その言葉に、薔子と蘭子は嬉しそうに表情を和らげたが、他の者は苦笑していた。

華子の意識が戻らない方が、花屋敷家は平和だと思っているのだろう。

「華子夫人が病院に運ばれたことで、研究室の鍵が手に入りました。早速、調査したところ、ミルクティーに混入されたストリキニーネも梨に注入された塩化第二水銀も、研究室から盗み出されたものだということが分かりました」

皆は無言で顔をしかめている。

犯人は、男物の靴を履き、すべすべした肌を持ち、バニラの匂いをさせている。何よりどうやって、研究室に入ったのか。

皆のそんな疑問に応えるように、清貴は口を開く。

「研究室への侵入方法は、意外なほどに簡単なものでした。僕は、すぐに気付かなかった自分を責めたくらいです」

「どういうことですか？　どうやって中に？」

と菊男が堪えきれないように問うた。

薔子と蘭子も、解せないように顔をしかめている。

「本当に簡単なことだったんです。華子夫人の寝室の暖炉と研究室の暖炉は、二枚の鉄板を隔ててつながっていました。犯人は暖炉から暖炉へ、トンネルをくぐるようにして侵入していました」

そうだったのか、と皆は顔を見合わせている。

「さて、皆さん――、義春さんが小説を書いていたのを知っていますか？」

その問いかけに頷いたのは、江田と正子だけだ。

「義春さんは、この家をモデルにしたミステリー小説を書いていました。その『概要』が暖炉と暖炉の間から出てきたのです。なんと、犯人はこの『概要』通りに、そのまま罪を犯していたんですよ」

清貴はテーブルの上に置いてある茶封筒から、原稿用紙を出して皆に見せる。

一同は大きく目を見開き、絶句していた。

「これを見て僕は犯人が分かりました。概要には、こうも書かれています」

『華子を殺害後、いきなり百合子の命が狙われなくなるのは不自然なので、もう一度毒を盛る。

(それは、未遂に終わらせるか、決行するかは未定。百合子には個人的に恨みはないので、未遂でも良い)』

「もし、犯人が救いようのない人物ならば、百合子さんのミルクティーに毒物を入れるかもしれない、と僕は考えました。実行するなら、今日の可能性は高い。皆が集まっている中で百合子さんが亡くなるというのは、劇的です。それに百合子さんのミルクティーは、いつも通り三時少し前に用意されていましたからね。そう考えた僕は、皆さんが集まる直前に、百合子さんのミルクティーと、犯人のミルクティーを入れ替えておきました」

えっ、と皆は目を見開いて、自分のミルクティーに目を落とす。

「ご心配なく。犯人以外のミルクティーはただのミルクティーです。今、犯人は、自分の変化に気付いているはずです。少しずつ頭がぼんやりしてきていることでしょう。犯人が入れた毒は、痛みを感じない。やんわりと体中を回り、気を失うように倒れてそのまま絶命します。ですが、助かる方法はあります。その解毒剤はここにあるので」

と、清貴は、冬樹の方を向いた。

冬樹は内ポケットから、小瓶を取り出して見せる。

「――今のうちでしたら、冬樹さんが持っているこの解毒剤を飲んだら助かります」

そう続けた清貴に、皆は困惑の表情を浮かべている。

そんな中、たった一人、青褪めて震えている人物がいた。

清貴は見ていない振りをして、最初からその人物を注視していた。自分が疑われるわけがない、と確信していたその顔がみるみると変わっていく様子を――。

江田は変化に気付いていて、きょとんとした顔をその人物に向ける。

「……菊正君、震えているけど、どうしたんだい？」

その言葉が引き金となり、菊正は弾かれるように立ち上がって、冬樹の腕をつかんだ。

「早く、僕にその薬を！」

「――っ⁉」

一同は絶句し、清貴はそっと目を伏せる。

腕をつかまれた冬樹は顔を歪ませた。

「本当に、なんて恐ろしいガキだ！　実の祖母を殺害しようとして、その上、百合子さんを――やらなくてもいい殺人までしようとするなんて！」

「あのクソババアも伯母さんも、この家のお荷物なんだよ！　だから僕がやっつけてやることにしたんだ！　僕は正しいんだ！」

「救いようがない！　お前はこのまま、自分が入れた毒で死んだ方がいい！」

冬樹はそう叫んで小瓶の蓋を開けて、中の液体を床に零した。

うわあああ、と菊正は泣き叫びながら、床に這いつくばって液体を舐める。

父親の菊男は呆然とし、母親の正子は、ごめんなさい、と泣きながら菊正に寄り添う。

「全部、私が悪いんです！　私がいつも子どもたちにお義母様のことを悪く言っていたから、菊正は！」

「それを言うなら俺だ！　俺が百合子姉さんさえいなければ、と菊正の前で言っていたから。お願いです、解毒剤はまだあるんですね？　息子を助けてください！」

菊男も菊正に寄り添い、冬樹に懇願する。

「お父さん、お母さん、頭がぼんやりしてきたよ、僕、このまま死んじゃうの？」

「菊正、菊正」

「やだよ、死にたくない」

「菊正、ちゃんと謝りなさい！」

「ごめんなさい、ごめんなさい」

「命乞いの口だけの謝罪なんて、何になる！」

と、冬樹が叫ぶ。

見ていられないと、秋人が前のめりになった。

「ちょ、兄貴、早くしないと」

だが清貴はそんな秋人の手をつかんで制した。

菊正は涙と鼻水を流しながら、口を開いた。

「ぼ、僕はおばあちゃんと百合子伯母さんが死んだら、お父さんとお母さんが喜んでくれるかと思っていたんだ。もうお父さんもお母さんも喧嘩しなくなるって」

「ああ、菊正……っ」

「悪かった、菊正」

「お父さん、お母さん……ごめんなさい、僕は……もう死んじゃうみたいだ」

そのまま菊正は床に崩れ落ち、目を閉じた。

菊正ぁ、という菊男と正子の絶叫が響く。

「ひ、酷いですよ、冬樹さん」

「殺人じゃないの？」

「そうよ、それでも警察官なの⁉」

江田と蘭子と薔子が立ち上がって抗議した。

冬樹の顔面は、蒼白となっている。

清貴は、ぱんっ、と手をうった。

皆は我に返ったように清貴の方を向く。

「――ご安心を。菊正君が飲んだのは、本当はただの睡眠薬です。数時間後には目覚めますよ」

えっ、と皆は、床に倒れている菊正に視線を移した。

彼は頬に涙の痕を残したまま、すーすーと寝息を立てている。

「……睡眠薬？」

冬樹も拍子抜けしたように洩らす。

「僕は、百合子さんのカップを回収し、菊正君のカップに睡眠薬を入れたわけです。冬樹さんが持っていた薬は解毒剤ではなく、ただのミルクです。彼に与えずに床に捨てたのは冬樹さんなりのお灸ですよ」

そうですよね？　と視線を送る清貴に、冬樹は「あ、ああ」とぎこちなく頷く。

「さて、あらためて、事件についてご説明をしたいと思います。皆さん、今一度、お掛けください」

そう言った清貴に、皆は思い思いに頷き、椅子に腰を下ろした。

正子と菊男は、菊正を抱きかかえて部屋の端にあるソファーに座った。

「おそらく菊正君が、暖炉から研究室に入れると気付いたのは偶然でしょう。かくれんぼなどをしていて見付けたのかもしれません。その時に義春さんが書いたこの概要を発見したわけです。菊正君が、それをそのまま実行しようと思った動機は、さっき彼自身が語った通りだったのでしょうね。祖母は暴君で皆の嫌われ者、伯母は厄介者、殺害計画は祖父の書いたものということで、罪悪感も少なかったのかもしれません」

清貴は一拍置いて、口を開く。

「第一の犯行。義春さんの概要には、こう書かれています」

と、清貴は、皆に概要を見せた。

『第一の犯行（詳細は後に記載）
百合子の紅茶に毒物（ストリキニーネ）が混入される。
※百合子が、毎日午後三時に茶菓子を食べる習慣があることを先に明記。
だが、これは未遂に終わり、百合子は死なない。
毒物が入っていることを明確にするために、飼い犬などが毒を舐めて死ぬという描写を入れる』

「概要には、ミルクティーに毒を入れるも、この時は百合子さんは死なず、飼い犬が毒を舐めるといったことが書かれていますが、この家に犬はいません。しかし菊正君は、できる限り概要に沿えるよう、『自分が一口飲む』という暴挙に出ました。これはストリキニーネの恐ろしさを知らない子どもならではの無茶なやり方だと思います。ポケットに入れていたドブネズミは、おそらく犬の代わりのつもりだったのでしょう。ドブネズミは、菊正君の思惑通り零れたミルクティーを飲んで死んだわけですが」

皆は言葉もなく、清貴の説明に聞き入っている。

「第二の犯行。ここは、子どもならではの迂闊《うかつ》さが出ていました」

「迂闊さって？」

壁際にいた秋人が、思わずという様子で訊ねる。

皆も、秋人と同じ気持ちだったようだ。

「たとえば、秋人さん。あなたが毒入りの梨を誰かの寝室に忍ばせようと思ったとします。あなたの手元には毒物も注射器もある。梨だって簡単に手に入れられる。そうしたら、どうしますか？」

「……え、どうするって？」

「わざわざ、注射器を持って、寝室に行きますか？」

あーいや、と秋人は首を振った。

「そんな危険なことはしねぇな。まず安全なところで自分が用意した梨に毒を注入して、それを持って寝室に忍び込むよ。そして、元々部屋にあった梨とすり替えるかな」

ですよね、と清貴は首を縦に振る。

「義春さんの概要には、どこで毒物を注入するかまで書いていなかった。菊正君はわざわざ寝室に注射器を持って行ったわけです。バニラの香りがする軟膏も小説のクライマックスで犯人を特定する手掛かりの一つであり、つけていかなくても良かったんです。ですが、菊正君は忠実に再現をした。彼の身長では棚の一番上の軟膏を取るのに苦労したようで、一段下の棚に指の跡がついていました」

その言葉を聞き、秋人は「あの跡はそれだったんだな」と目を見開いていた。

「また、その時、百合子さんは菊正君の肌に触れていますね。これは、概要には書いていないので、想定外のことだったようですが」

蘭子は、はっ、と口に手を当てた。

「そうか、菊正の肌もすべすべしているものね」

「ええ、そうです。それにその時、百合子さんは立ち上がった状態で、手をほぼ目の前に垂直に伸ばしました。その手が侵入者である菊正君の頬に触れたわけです。そのことを知った時、秋人さんが『どうしてそんなところに犯人の顔があるんだ?』と言っていましたが、その疑問こそ確信です。菊正君の身長は百合子さんより低い、百四十センチくらい。まだ幼い菊正君だったからこそ、そんなところに顔があったわけです」

「――あ、そういうことか。俺、いい線、行ってたじゃん」と秋人は拳を握り締めた。

「おそらく衣服も粉だらけになったはずです。それを誤魔化すために、その後、服を泥だらけにした可能性がありますが、菊正君が服を汚すのは珍しいことではなく、メイドも何ら疑問に思わなかったのでしょう。また、菊正君がお父様の大きな靴を履いていたので、つま先の足跡が強く残っていて、踵がすり減っているように感じたわけです」

清貴はそこまで言って、一拍置いて続けた。

「……何より僕を困惑させたのは、『なぜ、凶器がバイオリンだったか』です。花屋敷家にしか分からない特別な意味があるのかと、随分調べて考えましたが、これも驚くほどに単純なことでした。ここにこう書いてあるのですが——」

清貴は、概要に目を落とす。

『■真の犯行
華子の殺害。寝室に侵入して、鈍器でなぐって殺す』

皆は、それがどうかしたのか、という顔をしている。

「『鈍器でなぐって殺す』……ここだけは随分と感情が籠っていますね。さてこの一文。皆さんは、何も疑問に思わないでしょう。ですが、まだ幼く、さらに勉強が苦手な菊正君には、『鈍器』がなんのことを指しているか分からなかったんです。そして自分が犯人だと疑われたくなかったので人にも訊けなかった。考えた結果、菊正君は大人ではありえない解釈をして、殺害計画を実行に移しました」

苦笑する清貴に、秋人が、そうか、と手をうつ。

「『鈍器』を『楽器』と解釈したわけだな」

「そういうことですね。菊正君が気軽に手に取れて、なおかつ武器になりそうな楽器は、応接室のバイオリンでした。そのため彼は、注射器とバイオリンを持って寝室に侵入するという、無謀《むぼう》かつ滑稽《こっけい》なことをやってのけたのです」

皆は何も言えず、額に手を当てている。

「義春さんが書いた『概要』を、子どもの菊正君が実行することで、周到な計画でありながら、迂闊なところがあるというチグハグな状況となり、僕は大変混乱しました。研究室の埃もそうです。足跡が分からなくなるくらい意図的に踏み荒らしているのに、戸口の下は綺麗なまま。あれでは、『扉からは出入りしてません』と言ってるようなものです。それが、わざとなのか、そうではないのかが分からず、悩まされました。ですが大人が作った犯罪計画書に沿って、子どもが実行したとなれば、すべてに説明がつくんですよ」

「それじゃあ、火事は?」

それまで押し黙っていた菊男が問う。

「それも概要通りです。小説の中で犯人は、『自分が犯人と疑われないため』に自ら研究室に火を放つんです……」

でもよ、と秋人が腕を組む。

「あの時、菊正坊は、ガゼボで勉強していなかったか？」

すると正子は、ふるふると首を振った。

「江田先生が応接室に行った途端、菊正は落ち着きがなくなり、どこかに消えてしまっていたんです」

正子はそう言った後、これ以上聞くのは辛いという様子で、今も眠りについている菊正を抱き上げ、食堂を後にした。

2

「——さて、ここから、義春さんの真相に迫っていきたいと思います」

そう言った清貴に、皆はゆっくりと顔を上げた。

「お父様の？」

「ええ、義春さんはなぜ、このような小説を書いたのか。彼は、江田先生に編集者を紹介してもらい、出版の計画も進行していました」

そう、これまで犯人が誰だったのかに気を取られて、皆は失念していたのだ。

そもそも義春はなぜ、このような小説を書こうと思ったのか。また、なぜ、その小説を刊行することなく、命を絶ったのか――。

「皆さんは、江田先生の出自はご存じでしたでしょうか？」

そう問うた清貴に、江田がおずおずと口を開く。

「昨夜……僕は皆さんにお伝えしました。自分が華子さんの前夫の息子だと――」

皆もぎこちなく頷いている。

それは話が早くて良かったです、と清貴は安堵したように言う。

「小説を書いた目的ですが、おそらくは義春さんの復讐だったのではないかと」

復讐？　と皆は顔をしかめた。

「ええ、そうです。ここからは、僕の想像を交えてお話しさせていただきますね。――義春さんは晩年になり、ある復讐方法を思いつきました。それは『花屋敷家をモデルにした、暴露本のようなミステリー小説を世に発表する』というものです。その方法を思いついたのが、江田先生との出会いの前か後かは分かりませんが、彼に大きな刺激を受けたのは、たしかだと思います」

と、清貴は江田を見て言う。

江田は申し訳なさそうに身を縮ませる。

皆は何も言わずに、清貴の次の言葉を待っていた。

清貴は、再び小説の概要を皆に差し出して見せた。

「そうして義春さんはこのような概要を作り、小説を書き上げました。そして家出の準備も進めていたんです。彼はこの家を出てから小説を刊行し、作家としてデビューすることを計画していたのでしょう。悪名高き花屋敷家の悲劇的当主が書いた半ノンフィクションの暴露本かつミステリー小説は、間違いなく世間の話題をさらう。それこそが、義春さんの復讐であり、彼はそれ程に華子夫人への憎しみを募らせていたんです」

それは仕方ない、という様子で皆は目を伏せている。

「義春さんは同窓会の後、そのまま神戸に向かいました。これは僕の想像ですが、書き上がった原稿は彼の手にあったと思います。彼は旅館から、四国の実家に帰っている江田先生に電話を掛けています。江田先生、そうですね？」

確認する清貴に、江田は、ええ、と頷いた。

「その時、どのような会話を？」

「僕の父が亡くなったので、『大変だったね。ご冥福をお祈りいたします』と。その後は、世間話を少し……」

「原稿が書き上がったことを聞いたのは、その時でしたか？」

はい、と江田は頷く。

「それを受けて、あなたはなんて？」

『読むのが楽しみです』といったことを伝えまして、少し迷ったのですが、父が死に際に遺した言葉を伝えたんです」

「……あなたのお父様は、どんな言葉を？」

江田は弱ったように逡巡しながら、そっと口を開く。

「……『花屋敷華子は、自分と結婚した時には、すでに妊娠していた。百合子は自分の子ではない。したがって、お前と百合子に血のつながりはない』――父にそう言われたと」

皆は目を見開いて、江田を見る。

「江田先生、それは、どういうことなの？」

「それじゃあ、百合子姉さんの父親は誰なんだ？」

と、蘭子と菊男が目を泳がせる。

清貴は江田の方を向き、落ち着いた口調で問うた。

「あなたのお父様は、百合子さんの父親をご存じでしたか？」

「いいえ。ただ、華子さんの父親――花屋敷一郎に『華子が結婚前から妊娠していることは誰にも言うな。もし口外したら、お前を殺す』と脅されたそうです。そうして父は大金を受け取って花屋敷家の婿となりました。ですが、華子さんとの夫婦生活は一度もなく、当然のように子どもができなかった。そのため、追い出されたと」

「そのことを、あなたは義春さんに伝えましたか？」

こくり、と江田は頷いた。

「大変驚いて、言葉を失くしていました。ですが少し経ってから、『話してくれて、ありがとう』と。そして、『いつ、花屋敷家に戻ってくれる？』と訊いてくれました」

「それで、あなたはなんと？」

「血のつながりがないことが分かった以上、僕はますます百合子さんへの想いを抑えられなくなってしまう。ですので、『僕はもう、花屋敷家に行くつもりはないです』と伝えました。そうしたら、『そんなことを言わずに、どうかまた戻ってほしい。あの家には君のような優しい人間が必要だ』と言ってくれたんです」

「そうして、その後、義春氏は命を絶った――」

清貴の言葉に、皆は何も言えずにいた。

「皆さんの中で、百合子さんの父親が誰なのか、見当がつく方はいますか？」

清貴の問いに、ほとんどの者が困惑した表情を浮かべていたが、薔子だけは心当たりがあるようで、ゆらりと暗い顔を上げて、口を開いた。

「……想像もしたくないくらい、おぞましいことですが、おそらく祖父だったのではないでしょうか」

えっ、と皆は、薔子を見る。

蘭子が、信じられない、と胸に手を当てた。

「薔子姉さん、それってどういうこと？　お祖父様は、実の娘であるお母様を手籠《てご》めにしていたと？」

薔子は、ええ、と青褪めた表情で頷く。

「母は、早くに亡くなった祖母にそっくりです。祖父は祖母にとても執着していたと聞きます。祖父は酔っぱらうと、母の肩を抱いて、髪を撫でて、まるで愛人にするような振る舞いをしていたのを覚えています。何より、その時の母の強張った表情が私には忘れられないんです。今思うと、母が百合子姉さんを異常に可愛がったのは、百合子姉さんも祖母によく似ていたから、祖父に何かされるのを恐れていたのではないかと……祖父の行為のせいだったのかもしれませんが、母は男性が嫌いなんです。父を二番目の夫に選んだのは、若い頃の父が中性的な美男子だったからでしょう。私たちを産んだのも、『早く後継ぎを産め』と言う祖父が恐ろしかったから、従ったまでのことではないかと」

「っ！」

一同が、目を見開いた。

清貴はすべてを察していたのか驚いた様子はないが、沈痛の面持ちを見せている。

「おそらく義春さんも江田先生からの話を聞いて、すべてを察したのでしょう。華子夫人の情緒が不安定な理由、男性に対してだけ暴力的なところ、自分がないがしろにされていたわけも。きっと、愕然《がくぜん》としたと思います。長く連れ添っていながら、妻のことを何ひとつ分かっていなかったのですから」

そう話す清貴に、皆は苦々しい表情で相槌をうつ。

「それまで復讐しようと意気込んでいた義春さんでしたが、哀しい華子夫人の過去と真相を知り、そんな気もなくなってしまいました。同時に、復讐を人生の支えとしていたため、生きる気力も失ってしまったのかもしれません」

「それで、お父様は命を……」

薔子と蘭子は目に涙を浮かべ、菊男は俯いて、頭を抱えている。

「これは、僕の想像でしかないのですが、もしかしたら義春さんは死ぬ間際、華子夫人に電話をかけたのかもしれませんね。その時に『君の秘密を知ってしまった。これまで気付かなくてすまない』といったことを伝えた可能性がある。ですが、実の父の子を産んだという残酷な事実は、華子夫人にとっては誰にも知られたくないことだった。それで彼女は、夫の研究室に自分の秘密を記した何かがあっては大変だと、封鎖したのではと……」
シン、として静けさが襲った。
「僕の仕事はここまでです。後は、ご家族で話し合っていただけたらと――」
清貴は胸に手を当てて、一礼をする。
皆は俯いたままであり、誰も反応することができずにいた。
清貴はそれもすべて承知の上で、もう一度、礼をして、食堂を出る。
秋人もぺこりと頭を下げて、清貴の後に続いた。

終章

それから、半月。

事件を解決へと導いた『京都のホームズ』こと家頭清貴は、いつものように自宅の書斎で仕事をしていた。

彼の前には、書類の束がある。それは、各方面から届いた計画書や報告書であり、清貴は内容を確認してから、許可できるものに角印を捺していた。

一見、『判子を捺しているだけ』に見えるが、実は神経と頭を使う作業だ。

そんな清貴の都合などおかまいなしに、

「おーすっ、ホームズ」

と、梶原秋人が書斎に飛び込んでくるのもいつものことだ。

「…………僕はこれでも仕事中なんですがね」

清貴は机の上の紙の束に目を落としたまま、角印を捺す。

「おっ、判子なら俺が捺してやるけど？」

「遠慮します」

「なぁ、前から思っていたんだけど、丸い判子と四角い判子、どう違うんだ?」

「角印は、社印ですよ」

清貴は素っ気なく言って、とん、と捺印する。

「毎度のことながら冷てぇなぁ。今日は俺の用事っていうより、兄貴がお前に会いたいっつーから、一緒に来たんだ」

「冬樹さんが……?」

清貴が顔を上げると、秋人の背後から冬樹が顔を出して、そっと頭を下げた。

「清貴君、あらためて、花屋敷家の件はありがとう」

いえいえ、と清貴は立ち上がり、ソファーに座るよう、右手で促した。

冬樹は遠慮がちに、秋人はどっかとソファーに腰を下ろす。

「哀しくも難儀な事件でしたね」

と、清貴も向かい側に腰を下ろした。

そうだな、と冬樹は息をつく。

「その後、華子夫人は意識を取り戻したとか?」

そう問うた清貴に、冬樹は頷いた。

「もう屋敷に戻ったそうだ。孫にバイオリンで殴られ、殺されかけた華子夫人は、余程こたえたのか、毒気を抜かれたように大人しくなったという話だよ」

「……菊正君は？」

「自らの伯母に毒を盛り、祖母に暴行を働いたんだ。更生施設へ送られたよ。まぁ、このことは世間に知られないよう、細心の注意を払ったがね。花屋敷家の孫の悪事となれば、全国津々浦々に知れわたるスキャンダルだ」

でしょうね、と清貴は苦い表情を浮かべる。

「そのため、菊正は関西ではなく、関東の更生施設に送られたんだ。菊男と正子も『息子の側にいる』と屋敷を出たそうだ」

「そうでしたか……つまり今、花屋敷家は、華子さん、薔子さん、蘭子さん、百合子さんと、女性だけなんですね」

「なんでも、江田先生が世話役として、屋敷に通ってるそうだぜ」と秋人。

「それは女性陣も心強いでしょうね」

「江田先生、百合子さんと結婚するかもな。そしたら花屋敷家の財産が手に入る。すげぇな、最後に笑うのは江田先生じゃん」

「秋人さん、下世話ですよ」

「でもよ、江田先生にそういう下心ってなかったのかな？」

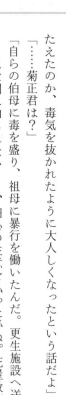

「いえ、彼は、純粋に百合子さんを想っているのでしょう。火事の時、彼は迷いもなく階段を上っていった。その後、百合子さんを見付けると躊躇うことなく抱きかかえて外に出ていた。あれは、本気で想っているが故の動きだと思います」

「無欲の勝利ってやつか」

「まぁ、今後、本当に財産を相続したら、何かが変わるかもしれませんが……」

「変わってほしくねぇなぁ」

「江田先生が言っていたように、百合子さんは本当に天使のような雰囲気を持っています。彼女の側にいるうちは、大丈夫かもしれませんね」

清貴と秋人が和やかに話している間も、冬樹は口を真一文字に結んで黙り込んでいる。

「冬樹さん？」

清貴が視線を合わせるなり、冬樹は深々と頭を下げた。

「あの時は、すまなかった」

「……あの時とは？」

「分かっているんだろう？　菊正に解毒剤を渡さなかった時だよ」

「ああ、冬樹さんがお灸をすえた時ですね」

「お灸じゃない！」

そう言って、冬樹は頭を抱える。

その様子から、冬樹は本当に、菊正が毒を飲んだと思っていて、自分が持っているのが解毒剤だと信じていたことが分かった。冬樹は本気で、あの時、菊正が死んでもいい、いや、むしろ死んだ方がいいと思ったのだと――。

「自分は、警察官失格だ」

俯いたまま低い声で、冬樹はつぶやく。

彼から強い後悔と反省が伝わってくる。

「……兄貴」

秋人は沈痛の面持ちで、冬樹を見る。

それまで黙っていた清貴は、少し申し訳なさそうに目を伏せた。

「冬樹さん。僕も謝らなくてはなりません」

「えっ？」

「僕はあなたが、あのような行動に出ると予測を立てて、あなたに解毒剤を渡す役をやってもらったんです」

清貴の言葉に、冬樹と秋人は絶句した。

どうして？　と二人は声に出さずに、口をぱくぱくと動かしている。

「理由は二つ。一つは、菊正君に死の恐怖を味わってもらい、自分の犯した罪を少しでも反省してほしかった。もう一つは冬樹さん、あなたにもご自分を省みてほしかったんです」

冬樹は大きく目を見開く。

「あなたは、百合子さんのことを話す時、彼女をよく知らずに『可哀相な人だ』と決めつけました。あなたは頭が良い分、自己判断で物事を決めつけてしまうところがある。それだけならまだしも、裁いてしまうとなれば問題です。あなたは警察官であって、裁判官ではない。あなたはさらに出世をしていくでしょう。その前に一度、ご自分を省みてほしい。勝手ながら、そう思ったわけです」

清貴は胸に手を当ててそう言う。

「それじゃあ、清貴君は、こんな俺が、警察官を続けても良いと？」

良いも何も、と清貴は苦笑する。

「そもそも何も起こっていませんし、僕自身、人を裁けるような人間ではありませんよ。ですが、もしご自身の胸が痛むというのでしたら、この経験を糧《かて》により良い警察官になってほしい。僕は一市民として心から願います」

そう言ってにこりと微笑んだ清貴に、冬樹は肩を小刻みに震わせ、ありがとう……、と消え入りそうな声でつぶやいた。

冬樹は感激に肩を震わせ、清貴は慈悲深い笑みを浮かべている。

隣でその様子を見ていた秋人は、やっぱりホームズは悪魔だな、と肩をすくめた。

そう、清貴は、これで冬樹を完全に手駒にしたのだ。

＊

冬樹が書斎を出た後、秋人は「なあなあ」と興奮気味に身を乗り出す。

「兄貴が『清貴君と食事に行くといい』って小遣いをくれたんだよ。なんか美味いもの食いに行こうぜ！」

秋人は懐から財布を出して、ニッと白い歯を見せる。

「それはいいですね。どこに行きましょうか」

「大丸！　俺は大丸の食堂がいい。今度はライスカレー、食いてぇ」

「いいですね。では、僕はコロッケを食べようと思います」

「お前、コロッケ好きだな。プリンも食べようぜ」

「いいですね」

清貴はインバネス・コートを手に取って、ふわりと羽織る。

「それ着ると、また事件の話が来そうだな」

「縁起でもないことを言わないでください」

「冗談だよ」

秋人は笑いながら、清貴とともに書斎を出た。

だが、二人の嫌な予感は的中し、食堂にたどり着く前に、新たな事件に遭遇してしまうのだが、それはまた別の話。

これは少し昔――昭和初期の京都で、『ホームズ』と異名を取る美しい青年が、探偵として活躍する、事件譚である。

了

＊

相笠先生が書いた『花屋敷家の悲劇』。

その原稿を読み終えたホームズさんは、ふむ、と興味深そうに頷いた。彼の隣に座る私は、まるで映画を観終えたような熱っぽさを感じ、胸に手を当てた。

正面に座る相笠先生は、落ち着かない様子で、おずおずと私たちを見る。

「どうだったかしら？　おべっかはいらない。ぜひ、忌憚のないご意見を伺いたいわ」

「相笠先生、素晴らしいです！　傑作ミステリーですね！」

すると彼女は、少しばつが悪そうに肩をすくめる。

どうしてそんな様子なのだろう？

そんな私の疑問は、すぐに解けた。

「これは、エラリー・クイーンですね」

エラリー・クイーン？　と、私は首を傾げた。

「ご存じなかったですか？」

「あ、もちろん、その名前は知っていますよ」

アガサ・クリスティ、コナン・ドイルと同等に知られた、昔のミステリー作家だ。

「ただ、エラリー・クイーンを読んだことがなくて……」

「葵さんは、読書がお好きで海外の名作ミステリーも読んでおられるのに、エラリー・クイーンを未読というのは意外ですね」

私は苦笑して、肩をすくめる。

「以前、読もうとしたんですが、作中の探偵が著者の『エラリー・クイーン』だったので、『この人、自分を主役にしているんだ』と思ったら、入り込めなくてやめたんです。著者が脇役で作品に登場するのは楽しいんですが、主役、しかもヒーロー役になっているのには、ちょっと抵抗を感じまして……」

言いにくさを感じながら正直な感想を伝えると、ホームズさんと相笠先生は顔を見合わせた後、ぷっ、と噴き出した。

「可笑しいですか？」

いえいえ、とホームズさんは笑う。

「お気持ちはなんとなく分かりますよ。ですが、エラリー・クイーンの場合は、少し違うんです。著者は、二人組なんですよ。二人でエラリー・クイーンなんです」

えっ、と私は目を瞬かせる。

「それって、かつての岡嶋二人《おかじまふたり》先生のような？」

「ああ、岡嶋二人先生の作品も最高でしたね。お二人が解散してしまったのが残念です。できれば企画で良いので、もう一度、書いていただけたらと願っているんですが……」

——それはさておきまして、とホームズさんは続ける。

「エラリー・クイーンは、フレデリック・ダネイとマンフレッド・ベニントン・リーという男性の二人組です。この名も筆名のようですが」

そうなの、と相笠先生が頷く。

「天才的なアイデアを持つけれど、文章を書くのが苦手なダネイがプロットとトリックを担当して、文章を書くことに長けたリーが執筆をしたそうよ」

それはかつての相笠先生が、友人たちと取っていた手法と似ている。

相笠先生は、元々文章を書くのは好きだけれど、キャラクターとトリックが弱かったのだ。キャラクターは、実在の人物をモデルにすることで、クリアしたようだ。

そして、トリックは——。

そういえば相笠先生は、最初にオマージュでありパスティーシュだと言っていた。

「この作品は、エラリー・クイーンの作品が基となっているんですか？」

「そうなの。この作品、『華麗なる一族の悲劇』は、エラリーの傑作『Ｙの悲劇』という作品が基になっていて、葵さんが褒めてくれたトリック部分は、エラリー巨匠のものなのよね」

相笠先生は、はにかんでカップを手にした。

「それにしても驚いたのは、ページ数ですね」

しみじという ホームズさんに、「ページ数?」と私は彼の方を見た。

「『Yの悲劇』は四百ページを超す大作なんですよ。この作品は、原作の半分くらいまで減ってませんか?」

ホームズさんは、原稿の紙の束を手に取りながら、しみじみと言う。

そうなんです、と相笠先生は頷いた。

「原作は、心理描写と情景描写が緻密に書き込まれているでしょう? そこが素晴らしいんだけど、テンポを考えて私なりに削ったのよ」

ふむ、とホームズさんは原稿を確認しながら、顎に手を当てる。

「花屋敷家の事情、当主の自殺の動機などは、オリジナルでしたね」

「え、ええ」

相笠先生は、まるで作品を出版社に原稿を持ち込んだ新人作家のように、体を強張らせて頷いていた。

「ちょっとボリュームが少なくなっていて原作ファンとしては寂しい気もするのですが、舞台を昭和初期の京都にしたのは、なかなか興味深かったですね」

そう言ったホームズさんに、私も「本当に」と相槌をうった。

「昭和初期の京都のレトロモダンな雰囲気が素敵でした。インバネス・コートのホームズさんと、書生スタイルの秋人さんの姿が目に浮かぶようです」

良かった、と彼女は救われたように顔を上げる。

「ですが、どうして『昭和初期』に？　明治や大正でも良かったのではないですか？」

「私もそれは悩んだんだけど、シャーロック・ホームズが日本に浸透していて江戸川乱歩がいてほしいから、昭和初期にしたのよ」

ああ、とホームズさんは納得した様子を見せる。

「そういうことでしたか」

そうなの、と相笠先生は、カップを口に運ぶ。

「ですが、せっかく昭和初期なのに、ずっと屋敷の中ですね。小物に昭和初期感を出してもらっても良いかもしれません」

「たしかにそうね。せっかくだから、ここで出してもらった香蘭社のカップ&ソーサーも作中で紹介しようかしら」

「ぜひ。当時の大丸の食堂が出てきたのは昭和初期的で、僕としては良かったと思います」

「ありがとう」

まるで編集者と作家のようなやりとりに、私の頬は自然と緩む。

「ただ、ラストに出てきたデザート、プリンといえば、円生のことを思い出してしまいますね……」

バームクーヘンにしてもらいたいですね、と彼は独り言のように洩らす。

「どうして、プリンで円生さんを？」

「彼はあんな風貌で、プリンが好物のようです」

へえ、と私も意外に思っていると、相笠先生が目を光らせた。

「円生というのは、たしかライバルなのよね？　続編を書ける機会があったら、ぜひ登場させたいわ」

出さなくていいですよ、とホームズさんは肩をすくめる。

私は小さく笑って、楽しみです、と微笑んだ。

「この作品を拝読して、何より驚いたのは、ホームズさんと秋人さんの描写です。台詞も立ち居振る舞いも、本人そのままで。相笠先生、素晴らしいです」

「ありがとう。褒めてばかりいないで、気になったところも言ってもらえないかしら」

苦笑して言う相笠先生に、気になったところ、と私は眉根を寄せた。

「ええと、ラストの冬樹さんは、やりすぎな気がしました」

私がそう言うと、すぐにホームズさんが続ける。

「作中の僕――家頭清貴もやりすぎではないかと。蘭子さんや冬樹さんを懐柔して手駒にするだなんて、僕はそんな恐ろしい人間ではないですよ」

「私はそこは、そのままのホームズさんだと思いましたよ」

「葵さん……」

そんな私とホームズさんのやりとりを前に、相笠先生は、ぷっと笑った。

「ありがとう、葵さん。そして冬樹のところは、ちょっと極端だったかもしれないわね」

「でも、相笠先生が最初に仰ったように、これは創作ですし、ホームズさんの黒さが際立っていたのは、良かったと思います」

そう言った私の横で、

「相変わらずひどいですね、葵さん」

とホームズさんは肩をすくめていた。

「ですが、僕も正直驚きました。いくら父にいろいろ聞いたとはいえ、よく、僕たちをここまで書けましたね」

「私は自分で際立ったキャラを作れない分、実在する人間をモデルにした方が良い仕事ができる気がするのよね」

ホームズさんは興味深そうに腕を組んだ。

「当て書き、というものですね」

「ええ。そして私はトリックも弱いから、その才能はないんだと諦めて、ファンタジーや実際に起こった歴史的事件を基に書いてきたけど、やっぱりミステリー小説は好きなのよ。だから一度、自分が憧れている名作ミステリーのパスティーシュというのをやってみたかったの。けど、私自身、原作のファンでもあるから怖くてね……」

そういうものなんですね、と私は相槌をうつ。

「けど、怖がってても、なんにもならないから、とりあえずやってみようと奮起して」

分かる気がします、と私は頷いた。

本当にやってみたいことは、怖いものだ。

私もそうだった。この骨董品店の雰囲気が好きで、気になりながらも入れなかった。

ホームズさんのこともそうだ。彼のことが好きでも傷付くのが怖くて、行動に移せなかった。

海外に関してもだ。ニューヨークに行く前、本当は怖くて仕方がなかった。

きっと、想いが強ければ強いほど、怖いのだろう。

でも、彼女が言ったように、怖がっていても何もならないのだ。

思い切って飛び込んだ先に、見えてくるものがある。

「書いた今は、どうですか？」

「書けて良かった、と心から思っている。読んでいるだけの時より、名作ミステリーの凄さを感じられたし、何より勉強になったわ」

「そうなんですね」

それは踏み出す前には、決して見えないし、分からないものなのだろう。

「他に気になったところはない？」

「あ、些細なことなんですが、作中のホームズさんと秋人さんは、どうやって知り合ったのかなぁ、って」

「ああ、それは、もし今後続編を刊行できるようなら、触れていきたいと思っているんだけど」

「何か大きなドラマが？」

「ううん、そんな大層なことは考えてなかった。秋人君の親と家頭誠司さんが知り合いだったのがキッカケで、という程度なんけど」

「でも、自然ですね」

そんな話をしながら、ふと横を見ると、ホームズさんは先ほどと打って変わって原稿を眺めながら、どこか面白くなさそうにしていた。

相笠先生は少し不安げに、首を伸ばして原稿を覗き込んだ。

「何か気に入らないところがあったかしら？」

「はい」

即答したホームズさんに、私は仰天した。

「え、ええ？　ホームズさん、気に入らないところなんてあるんですか？」

まさか本当に気に入らないところがある上に、それを口にするとは思わず、私の声は上ずった。

一方の相笠先生はオロオロと目を泳がせていた。

「ど、どこかしら？」

相笠先生は、すぐにメモ帳とペンを取り出す。

「なぜ、葵さんが登場していないんでしょうか？」

ホームズさんは、これまで見せたことのない真顔で問う。

「ホームズさん……」

私は額に手を当て、相笠先生は顔を引きつらせた。

「あ、あー。それ、絶対に言われるだろうって思っていたんだけど、この作中の家頭清貴さんは、葵さんに出会う前なの。まだ、恋を知らない状態なのよ」

ホームズさんは微かに眉根を寄せながらも、なるほど、と腕を組む。

「では、今後、葵さんは登場するのでしょうか？」

「ええと、そうね。……もし、この作品の続編を書けることになったら、葵さんも登場する可能性はあるわ」

するとホームズさんは、ぱぁ、と顔を明るくさせた。

「でも、私としては、登場させたくないのよね。探偵は孤高でクールであってほしいもので……」

ぼそっ、と相笠先生がつぶやいたけれど、ホームズさんは聞こえていないのか、聞こえていない振りをしているのか、嬉しそうに話を続ける。

「それは楽しみですね。羽織袴の葵さん。いえ、昭和初期ですからモダンガールの装いでしょうか。どちらも似合いそうですね……」

ホームズさんは独り言のように洩らした後、

「あかんっ」

と、勢いよく言って、口に手を当てた。

私と相笠先生は、ぎょっ、と目を剥く。

「ど、どうしました？」

「今、モガ・葵さんの姿を想像してしまったんです。あかん、めっちゃ可愛い」

「ええと、それ、想像よね？」と相笠先生。

「ええ、とてつもない可愛らしさで、その姿が頭に浮かんだ瞬間、『結婚っ！』と心の中で叫んでしまいました」

「ちょっ、ホームズさん」

気恥ずかしさに私は声を上げ、相笠先生はというと目をそらして、ぼそぼそとつぶやいている。

「やっぱり私としては、登場させたくないかも。探偵は常にスマートでカッコよくあってほしいし……」

ホームズさんは、そんな相笠先生の吐露をスルーして、満面の笑みを浮かべた。

「続編につながるよう、僕もできる限り協力いたしますね」

「……ありがとうございます」

「ああ、でも、この第一作にちっとも葵さんの名前が登場しないのは寂しいですし、ちらりと書いてみては？　この時代ですから、許嫁《いいなづけ》役とか」

「か、考えておくわ」

「加筆したら、読ませてくださいね」

ホームズさんの笑顔の圧力を受けて、相笠先生は声もなく頷く。

それは、刊行前の原稿を読むという、稀有《けう》な経験ができた楽しいひと時だった。

エピローグ

カラン、と骨董品店『蔵』のドアベルが鳴り、私は顔を上げた。

背の高いその人物はぎこちなく会釈をして、かぶっていた帽子を取り、ポールハンガーにかける。

相変わらずの剃髪《ていはつ》。とても良い頭の形に、時々感心してしまう。

今日の彼は、シャツにジーンズとラフなスタイルだ。

私は彼――円生さんを前に、にこりと微笑んだ。

「いらっしゃいませ、円生さん。来てくれたんですね」

「……あんたが、俺に話があるて言うから」

円生さんはぶっきらぼうに言って、カウンター前の椅子に腰を下ろした。

そう、私は、ホームズさんに『円生さんと話したい』と、伝言をお願いした。

「どうしても、直接会って、お礼を伝えたかったんです」

小松さんの事務所に何度か足を運んだのだが、円生さんは留守にしてばかりだったのだ。

「礼て……」

円生さんは弱ったように、頬杖をついたまま自分の頭に手を当てる。

今、この店の壁には、新たな一枚の絵が飾られている。

古《いにしえ》の豫園を描いた作品だった。

月明りの下に浮かび上がる江南《チャンナン》庭園と豫園《ヨエン》商城が美しく、幻想的だ。

絵の左下には、宴会をしている兵士たちの姿。右上の方に描かれているテラスには月を眺めている宮廷女官のシルエットがあり、絵の端には、漢詩が書かれている。

葡萄美酒夜光杯
欲飲琵琶馬上催
酔臥沙場君莫笑
古来征戦幾人回

葡萄の美酒、夜光の杯。

飲まんと欲すれば、琵琶馬上に催す。

酔うて沙場に臥すとも、君、笑うこと莫かれ。

古来征戦幾人か回る。

『涼州詞《りょうしゅうし》』と呼ばれる王翰《おうかん》の詩。


——葡萄の美酒を、月明りの盃《さかずき》に注ぐ。

飲もうとすると、琵琶の音が馬の上で鳴り響いた。

酔い潰れて砂漠に倒れてしまう姿を見ても、君は笑ってはいけない。

古来より戦地に赴《おもむ》いた兵士のうち、どれだけの人が帰ってきたと思う——？


この絵は、私を助けるために、円生さんが描いてくれた一枚なのだ。

「……本当に素晴らしいです。見ていたら、涙が滲むくらい」

注目される絵画には、いくつかタイプがあるように思える。

技法に優れたもの、技法は乏《とぼ》しくも力があるもの。

円生さんの絵は、その二つを兼ね備えている。

「ありがとうございました」

私が頭を下げると、彼は息をついた。

「礼なら、ホームズはんに言うたらええ」

「ホームズさんに？」

「あの男は、あんたのために俺に深々と頭を下げて、絵を描いてくれと懇願したんや。あんたやったら、それがどんだけのことか分かるやろ？　俺はあんたのために描いたんやない。あのプライドの高い男が、そこまでのことをした。それに応えたまでのことやし」

彼は素っ気なく言って、明後日の方向を見ている。

その話は、小松さんから聞いていた。

たしかにホームズさんが、この人に頭を下げるなんて、想像もつかない。

おそらく、ホームズさんがもっとももしたくないことだろう。

円生さんは、そんなホームズさんに敬意を払い、絵を描くことにした——。

良い関係だ、と思わず表情が緩む。

「なに笑てんねん」

ごめんなさい、と私は、はにかんだ。

「でも、やっぱり、ありがとうございます。私はこの絵に救われたんですから。今日はとりあえずそのことを伝えたくて、後日改めて、ちゃんとしたお礼をさせてください」

「せやから、そんなんいらんし」

と、円生さんは肩をすくめる。

「あんな素晴らしい作品を前に、たいしたお礼もできそうにないんですが……」

私は、中華古美術コーナーの壁に掛けられた『夜の豫園』に視線を移す。

円生さんは、どうにも居心地が悪そうだ。

「もしかして、褒められるのが苦手でした？」

円生さんは、いやや、と首を捻る。

「そんなことはあらへんで。なんでや」

「褒められるのが苦手だから、展覧会の話を断ったのかと」

そう言うと円生さんは、首の後ろに手を当てた。

「そんなんとちゃうわ。前も言うたとおり、もう描くつもりがないからや」

微かに顔を歪ませた彼の表情を見て、私はそっと目を細める。

「あの、円生さん」

「なんや？」

「ちゃんとしたお礼とは別に、本当にささやかですが、贈りたいものがありまして」

「なんもいらんし」

「ええと、まずは、これを」

私はコーヒーと一緒に、冷蔵庫からプリンを出した。

「プリンを作ってみたんです。良かったら」

「……なんや、ホームズはんに訊いたん？」

「あ、はい。『好物のようです』って」

ちなみに作ったプリンは、事前にホームズさんにも食べてもらっていて、『とても美味しいです。これは、きっと円生さんも喜ぶでしょう』と言ってくれたのだけど――。

「ほんま、ムカつくし」

「もしかして、本当は好きではなかったんですか？」

私が問うと、円生さんは小さく息を吐く。

「好きていうか、なんや、特別やな」

「特別？」

「子どもの頃、ユキのために作ったんや。プリンて、牛乳と卵と砂糖と鍋で作れるやん。バニラエッセンスなんてしゃれたもの入れへんで。家にあるもんで、こないに美味しいもんが作れる。お互い落ち込んだことがあると、プリンを作ってたんや」

「そうだったんですね」

「そういうのも全部、見抜かれてる気ぃして、気色悪いわ」

円生さんはそう言って、スプーンを手にプリンを口に運ぶ。

一口食べて、うん、と頷いた。

「美味い」

「本当ですか？」

「ああ、俺は最近流行りのトロトロなやつより、こういう硬めの方が好きや」

「良かった」

私はホッとして、胸に手を当てる。

「あと、もうひとつ、渡したいものがあって」

「はっ？　もう、そんなんええし」

「えっと、たぶん見たら、もっと『そんなもんいらん』って言うと思うんですけど」

私が苦笑して言うと、彼は逆に興味が湧いたのか、ん？　と眉根を寄せる。

「なんやねん？」

私は気恥ずかしさを感じながら、木の箱を彼の前に出した。

円生さんは黙って蓋を開ける。

「陶器の湯呑みやな」

深碧《しんぺき》色の、円筒状の湯呑みだ。

「はい、最近、私、陶芸を始めまして、それは自分なりに上手くできた方で……綺麗な緑色を出せたと思うんです。この色を見た時、円生さんだ、と思ったんですよね」

言い訳するように、私は早口で言う。

「なんで、俺が深い緑色なんやろ？」

彼は湯呑みを見詰めながら、まるで独り言のように洩らした。

ホームズさんのマグカップは、深い藍色だった。

私の中で、彼は夜空や宇宙を思わせるためだ。

そして円生さんは――。

「勝手なイメージなんですけど」

「うん？」

「円生さんは、深い森の中にいる感じで」

そう言うと、彼は大きく目を見開いた。

「お礼の品に、こんな手前味噌《てまえみそ》はないですよね」

さらに恥ずかしくなった私は、湯呑みを片付けようとすると、

「いや、せっかくやし、もろとく」

円生さんは丁寧な手つきで、湯呑みを木箱に入れた。

良かった、と私は頬を緩ませる。

「ホームズはんにも、マグカップ贈ってたし、陶芸にはまったんやな？」

「今は、そうですね。最初はしんどかったんです」

「しんどい？」

「この『蔵』で素晴らしいものを見てきてしまっているので、自分の作る拙い作品が許せなくて、陶芸はやらない方がいいかもと思ったんです」

「そんなもんなんや」

「たぶん、ホームズさんが創作をしないのも同じ理由かなと思うんです。目が肥えている分、耐えられないのではと」

なるほどなぁ、と円生さんは腕を組む。

「でも、それって『良いものを作れない悔しさ』であり、怖さなんじゃないか、と思ったんです。そんなふうに感じるって、好きだからこそじゃないのかなって。それなら自分なりで良いから、やってみようと思えたんですよ」

そうなんや、と彼は相槌をうった。

「円生さんもレベルは違いますが、似た感じだったりしませんか？」

えっ？　と円生さんは眉根を寄せた。

「こんな素晴らしい作品を描いてしまったわけですから、これを超す作品を生み出せないかもしれない、っていう怖さなんじゃないかって」

円生さんは何も言わず、頬杖をついたまま、絵に目を向けた。

「もし、本当にもう描かないとしても、ひとつのケジメとして、展覧会を開いても良いと思いますよ」

なんやねん、と円生さんは笑う。

「一生懸命やな。ホームズはんに頼まれたんや？」

いえ、と私は首を振った。

「私が開きたいんです。『夜の豫園』に『蘇州』。円生さんの作品を、一人でも多くの人に観てもらいたい」

私がしみじみ言うと、彼はしばし黙り込み、そっと立ち上がった。

「まぁ、せやな。あんたが展示を担当してくれるなら、考えてもええ」

えっ、と私は目を瞬かせた。

「わ、私でいいんですか？」

「あんたは、あのサリー・バリモアの特待生なんやろ？　お手並み拝見やな」

円生さんは意地悪く言って、木箱を手に取り、

「ほんなら、プリンと湯呑み、おおきに」

と、片手を上げて、店を出て行った。

「私が、円生さんの展示を担当……」

プレッシャーを感じるも、ドキドキと鼓動が早鐘《はやがね》を打つ。

これは、新たなチャレンジだ。

がんばろう、と私は静かに洩らして、拳を握り締めた。

僕が、円生を嫌悪してきた理由は、至ってシンプルなもの。

――僕は、彼が怖かったからだ。


同族嫌悪。

言葉は知っていても、自分がその感情を抱くことになるとは、夢にも思わなかった。

僕は非常に稀《まれ》なタイプの人間だと自覚していたし、同じ性質、同じ属性の男なんて、そうは現われないだろうと思っていた。

しかし幾重《いくえ》の歴史と芸術が教えてくれるように、この世は『陰陽《いんよう》のバランス』で成り立っていて、僕という人間がいるならば、まるで鏡を合わせたような人間も存在する。

ロマンチックな言い方をしてしまえば、出会うか出会わないかは、すべて運命の悪戯《いたずら》なのかもしれない。

同族嫌悪とは、心理学的に言うと『鏡の法則』。

他人の好きな個所は、自己が認識する自分の好きな部分。

他人の嫌いな部分は、自己が認めたくない、自分の嫌いな部分。

かつての円生は僕にとって、『自己が認めたくない、自分の嫌いな部分』が凝縮された存在だった。

なぜなら、僕も円生のような家庭環境に育っていたなら、そこから這い上がるため、生きるためになんでもしていただろうから。

円生はあれでも、あんな環境にいながら、真っ直ぐでいられた方だと思う。

もし、僕が円生ならば、もっと捻《ねじ》くれて歪んでいたに違いない。

以前、祖父に言われたことがある。

『まるで光と陰やな』と。

光と陰。

陰と陽。

皆は、僕を『光』として、円生を『陰』と見ている。

だけど、僕はその言葉を言われるたびに、胸が騒いだ。

僕らが一対のような存在ならば、本当の意味での陰と陽はどちらなんだろうと。

円生はかつて、誰かの模倣をし、擬態をしていた。

その時の彼は、完璧にその『個』を抑え込んでいた。

しかし、ひとたびその仮面を取り去った時、彼は目に眩しいほどの強烈な光を放つ。

それは、僕にはないもの。

彼が陰の世界にいるうちは、まだいい。

正義感を振りかざして、存在を抹消することだってできるのかもしれない。

だけど、同じ世界に来て、同じ土俵に上がったなら、もしかしたら僕は彼に、僕の護《まも》り築いてきたすべてのものを壊され、奪われるかもしれない。

正直、ここまで具体的に思っていたわけではないけれど、その時の得体の知れない恐怖を、今説明するとしたら、こんなところだったんだと思う。

やがて、僕の予感は的中し、円生が同じ土俵に上がってきた。

その類稀な存在感と突出した才能は、この世界に棲《す》む誰もが肌で感じたものであり、周囲の者はたちまち円生の魅力に取り憑かれることとなった。

柳原先生がその最たるものだ。

一方の僕は、まるで拍子抜けしたように、胸が騒ぐことはなかった。

そんな円生を温かい目で見守ることができた。

自分がそういられたのは、葵さんがいてくれたからだと思う。

今も胸に強く残っている。

大きく手を広げて、僕を抱き締めてくれた葵さんの姿。

彼女は、僕の愚かさも醜さも浅ましさも、すべて分かった上で、受け止めてくれた。

きっと、あなたは僕がどれだけ感激したのか、分からないんだろうな。

僕はあなたに会うまで、偽った自分しか愛してもらえないと思っていた人間だから。

そんな僕のすべてを受け入れてくれた、葵さん。

彼女さえいてくれたら、他には何もいらないと、すべてを円生に譲ってもいいと心から思った。

しかし、ここでも運命の悪戯は働く。

——円生が、葵さんに恋をした。

このことを感じとった時、『やっぱりな』と、納得と落胆を同時に覚えた。

彼は対になる存在。

葵さんに、恋しないわけがなかった。

そうなると、どうしようもない焦りが生まれる。

感情をコントロールできなくなる。自分を制御できなくなるなんて、そんなことは今まで経験したことがなくて、自分でもどうして良いのか分からない。
でもそれは、円生も同じようで、僕たちは、またぶつかり合ってしまう。
そうした不毛なことを繰り返す中、それでも僕たちは、縁があるのだろう。
葵さんを救い出そうと、ともに手を合わせる日が来るなんて、思いもしなかった。
頭を下げた僕に対して、円生は相当驚いたようだ。
何度か、『あんたがあんなことをしたなんて信じられへん』と口にしていた。
だが、僕は円生が思うほど、大変なことをしたわけではない。
僕は、葵さんを恋い慕っているのとはまた別の形で、彼の才能にも焦がれていた。
頭を下げたくらいで、葵さんが救われ、円生が再び絵筆を持つならば、安いもの。
そんな感情は、才能豊かな円生には、想像もつかないのだろう。
円生にあって、僕にないものはたくさんある。
僕はあくまで目利きで、作品を作り出せるわけではない。
完璧な模倣ができるわけじゃない。
抜きん出た運動能力も持ち合わせてはいない。
逆に、僕にあって円生にないものは、ほんの少しだけ。
僕は培った経験と、僅かな知識を持ち合わせているだけだ。

やがて、彼の影となって、今後サポートをしていくこととなるのだろう。

その日、円生は『蔵』を訪れていた。
葵さんが、お礼を伝えたいと言っていたためだ。
僕は、彼が店を出ていった頃を見計らって、『蔵』に戻る。
彼女は、楽しそうに円生とのやりとりを聞かせてくれた。
僕が感じていた通り、円生はプリンに対して強い思い入れがあるようだ。
そして円生は、葵さんが担当するならば、展覧会を開いてもいいと言ったそうだ。
まったく円生らしい、と苦笑する。
もし自分が円生でも、そんなふうに言うだろう。
少しも胸が騒がなかったといえば嘘になるけれど、展覧会を開けるのは、僕も嬉しい。
とても穏やかな気持ちで話を聞くことができた。
――僕も、大人になったのかもしれない。
「そうそう、お礼に私が作った陶器の湯呑みをプレゼントしたんですよ」

はにかんで言った葵さんに、

「――えっ？」

それまで穏やかな気持ちで話を聞いていた僕は、顔を強張らせて振り返った。

円生に手作りの湯呑みを？

ちょっと待ってください、僕はまだ湯呑みはもろてへん。もろてへんし、そもそも葵さんの作品は、誰にも渡してほしくないんやけど。その可愛らしい手で作った作品やで？

あかん、あかん、そんなん、あかんて。しかも、まさか、円生にって。あいつ、その湯呑みをもろて、キュンとしたやろ。そのキュンは僕だけのものやし。くそ、あいつ、めっちゃ喜んだはずや。あかんて！


……いや、あかんのは僕や。

大人になったと今思たばかりやのに、ちっとも大人やないやん、清貴。

胸の内側から沸き上がる面白くなさを必死で抑えていると、葵さんが僕をジッと見詰めていた。

「ど、どうしました？」

「えっと、やっぱり、ホームズさんは可愛いなぁって……」

「――え？」

どうぞ、と葵さんは、カウンターの上に湯呑みを置いた。

マグカップと同じ、深い藍色だった。

「湯呑み、ホームズさんも欲しかったんですよね？　ちゃんと、ホームズさんの分も作ってるんですよ。もちろんホームズさんの湯呑の方を先に成形してますから」

彼女はそう言って、いたずらっぽく微笑む。

「いつもは大人びているのに、時々、すごく子どもになっちゃうところとか、反則です」

ほんのり頬を赤らめて言うその姿に、くらりと目眩がする。

ああ、もう、ほんまに反則なのは、あなたの方や。

「ありがとうございます！　嬉しいです、大好きです、葵さん！」

そこが店内だということを忘れて、思わず強く抱きしめる。

「って、ホームズさん」

葵さんは、もうっ、と腕の中で愉しげに笑う。

やっぱり僕は、どうしようもなく不完全で、どうしようもない人間だ。

僕は、そんな自分をずっと好きになれずにいた。

だけど、あなたはこんな僕を受け止めてくれて、好きだと言ってくれる。

僕は、そんなあなたをしっかりと護れる、もっと大きな人間になりたい。
そして、あなたが好きだと言ってくれる自分自身を、もう少し好きになってみよう。
そんなふうに心から思った、愛《いと》しいひと時だった。

あとがき

いつもご愛読ありがとうございます、望月麻衣です。

早いもので、京都ホームズシリーズも十五巻。

十三・十四巻が海外編で、大きな展開を終えまして、さて今巻。一息ついたほっこり回であり、番外編のようなものを書けたらと思っていたのですが、私はここで、どうしても一度やってみたかったことに、チャレンジしようと思いました。

それは、京都ホームズで海外の名作ミステリーのパスティーシュにチャレンジするというものです。

それも、ミステリーの最高傑作と言われている、エラリー・クイーンの『Yの悲劇』。

コナン・ドイルの『シャーロック・ホームズ』シリーズじゃないのか⁉　と突っ込みが入りそうですが、『Yの悲劇』のお屋敷を舞台に繰り広げられる事件を再読して、清貴の姿が浮かんでしまったんです。

実際に書くとなると、これがなかなか勇気のいることでしたが、編集さんにも「その試みは面白いと思います」と言っていただき、作中においては、作家・相笠くりすの協力を得て、『劇中劇』というかたちで、実現しました。

舞台は、昭和初期。豪商の息子であり『京都のホームズ』と異名を取る家頭清貴と、落ちこぼれ書生の梶原秋人のコンビが、大富豪・花屋敷家に起こった難解な事件に挑む。

原作ではもちろん殺人は起こっていますが、ここはやはり京都ホームズの世界。

事件は起こりますが、殺人は起こりません。

原作を読んで、登場人物の多さ、大金持ち一家の名前を覚えるのに苦労したので、本作では、なるべく読みやすいよう、工夫をしました。

作中にも書きましたが、原作はもっともっとボリュームがあり、緻密で重厚です。当主の思い云々は、本作のオリジナルで、ラストの展開も含めて原作とは違っています。

原作を未読の方は、ぜひ、ミステリーの最高峰と誉れの高い『Yの悲劇』をお手に取っていただけたらと思います。

『劇中劇』に入る前の第一章では、歌舞伎役者の市片喜助が再登場しています。

実は、漫画家の秋月壱葉《あきづきいちは》先生が手掛けてくださっているコミック版（五巻）に登場した市片喜助さんが素敵すぎて、また登場させたいと思ったという裏話があったりします。

秋月先生、いつも素晴らしく描いてくださって、ありがとうございます。

そして描くと言えば、表紙を担当してくださっているヤマウチシズ先生。

今回の表紙イラストは、清貴・秋人のコンビです。

葵がいなくて寂しいと思われた方もいらっしゃるかもですが、レトロ浪漫を感じさせる雰囲気に感激でした。

表紙の背景にあるのは、四条大橋西詰南側にある現・東華菜館なんですが、あの建物はなんと大正十五年からあるんです。

今回の劇中劇を執筆するにあたり、『京都市歴史資料館』に行って当時の資料や写真を調べることにしたのですが、膨大な資料を前に途方に暮れてしまいました。

受付の方に相談すると、資料のピックアップを手伝ってくださいました。また、大丸京都店のＫＫＰ・谷口《たにぐち》さんにも、当時の資料をたくさん送っていただきました。

京都市歴史資料館スタッフ様、大丸京都店様、本当にありがとうございました。

今より八十年以上前の京の町。もちろん、全体的には大きく変化もしているのですが、当時から変わっていないところも多く、さすがと唸らされました。

そんなこんなで、新たなチャレンジだった今巻。楽しんでいただけて、原作に興味を持っていただけたら、そんな嬉しいことはないです。

今巻もこの場をお借りして、お礼を伝えさせてください。

私と本作品を取り巻くすべてのご縁、そして偉大なる作家、エラリー・クイーン先生に、心より感謝とお礼を申し上げます。

本当に、ありがとうございました。

望月　麻衣

参考文献等

中島誠之助『ニセモノはなぜ、人を騙すのか？』（角川書店）
中島誠之助『中島誠之助のやきもの鑑定』（双葉社）
ジュディス・ミラー『西洋骨董鑑定の教科書』（パイ　インターナショナル）
出川直樹『古陶磁　真贋鑑定と鑑賞』（講談社）
白幡洋三郎『京都百年パノラマ館――写真集成』（淡交社）
白木正俊『目で見る京都市の１００年』（郷土出版社）
鳥越一朗『京都大正ロマン館』（ユニプラン）
鳥越一朗『レトロとロマンを訪う京都明治・大正地図本』（ユニプラン）

双葉文庫

も-17-21

京《きよう》都《と》寺町《てらまち》三条《さんじよう》のホームズ⑮

劇中劇《げきちゆうげき》の悲劇《ひげき》

2020年8月10日　第1刷発行

【著者】

望月麻衣《もちづきまい》

【発行者】

島野浩二

【発行所】

株式会社双葉社

〒162-8540 東京都新宿区東五軒町3番28号

［電話］03-5261-4818(営業)　03-5261-4851(編集)

www.futabasha.co.jp(双葉社の書籍・コミックが買えます)

【印刷所】

中央精版印刷株式会社

【製本所】

中央精版印刷株式会社

【フォーマット・デザイン】

日下潤一

ISBN978-4-575-52385-0 C0193

Printed in Japan

発行・株式会社　双葉社

FUTABA BUNKO

出雲のあやかしホテルに就職します
硝子町玻璃
Garasumachi Hari
女子大生の時町見初は、幼い頃から『あやかし』や『幽霊』が見える特殊な力を持っていた。誰にも言えない力を抱え、苦悩することも多かった彼女だが、現在最も頭を悩ましている問題は、自身の就職活動だった。受けれども受けれども、面接は連戦連敗。まさに、お先真っ黒。しかしそんな時、大学の就職支援センターが、ある求人票を見初に紹介する。それは幽霊が出るとの噂が絶えない、出雲の曰くつきホテルの求人で——。『妖怪』や『神様』たちが泊まりにくる出雲のホテルを舞台にした、笑って泣けるあやかしドラマ!!

発行・株式会社　双葉社